◉目　次

表紙写真：国土地理院の空中写真

はじめに

何年も前に、東京で公道を使ったレースを開催しようという声がありました。それもフォーミュラ・ワンのレースだといっていました。場所はお台場で……。

若者の人気を得たくて、そんなことを言いだした政治家がいました。

レースの歴史も文化も知らず、エフワンならいいという単純な発想です。

タイヤがむき出しのフォーミュラ・マシーンは、追突してタイヤがタイヤに乗り上げると、マシーンが宙を舞う危険があります。ボディー・カウルでタイヤをカバーしているスポーツカーなら、マシーンが宙を舞う危険が少なくなります。観客との距離が近く、防護フェンスのない市街地サーキットでのレースでは、スポーツカーにする方が安全性が高くなります。

公道サーキットならどこでもよい、というものではありません。開催する場所は、どこで走ったのかすぐにわかる方がよいのです。外国の自動車雑誌に載った１枚の写真で、東京のお台場と神戸のポートアイランドの区別がつくものではありません。観客にとって交通が便利で、外国人にもすぐに場所を特定できる場所となると、これはもう皇居のまわりを走るのが一番です。

というわけで、環境と騒音にも配慮して、こんな設定になりました。

書きはじめたのは、「東京で公道レースを」と言われるよりずっと前のことです。書いているうちに、フェアモント・ホテルが廃業して、部分的に書き直すことになったり、秋葉原の広い駐車場がなくなったり、携帯電話機が急速に普及し、まだスマホが登場していない時期であり、それ以上にプロのレース写真家が使うカメラが、フィルム式のカメラからデジカメになり、その部分でも書き直すことが必要になりました。

さらに東日本大震災があったので、その影響も書き加えました。それで、2012年の春のレースという設定になりました。

何度も書き直して、そういう意味では苦労した作品ですが、楽しんで書いた作品でもあります。お楽しみいただけたら、作者として嬉しく思います。

このレースの舞台として設定したコースをクルマで走ることがありましたら、じっさいの走りは安全を最優先にして、レースでの速い走りについては、想像するだけにしてください。

それよりも、デジカメを持ってコースを歩きながら写真を撮り、クルマのプラスチックモデルかミニカーの写真と合成して、この小説のイラストを想定した写真を作ってみるのも面白いと思います。

２０２０年　春

高斎　正

第１章　遠来のレース仲間

1

４月４日（水曜日）の昼すぎ。

桜レーシング・チームの３人が、ルートン・レーシング・チームを迎えるために、７人乗りのワゴンで成田空港に着いていた。

ルートン・レーシング・チームを出迎えるのは、監督の城井宏とドライバーの平雷太と土佐雅人の３人であった。メカニックたちがいっしょにこなかったのは、ルートン・レーシング・チームの４人を乗せるスペースを残しておくためである。

ルートン・レーシング・チームのメンバーは、英国航空で到着する。

到着ゲートの前に『IMPERIAL CUP RACE, Organizer』と書かれたプラカードが掲げられていた。その下に立っていたのが、このレースを主催する東京レーシング・クラブの事務局員の小暮和人であった。レースのたびに顔をあわせるので、レース界の人ならだれでも顔を知っている間柄である。もちろん桜レーシング・チームのメンバーも、小暮と顔見知りである。

「こんにちは」

「やあ、お疲れさん」

小暮がにこやかに挨拶をかえして、脇に置いた大きな紙袋のなかを探っていたが、

「目印にこれを使ってください」

と、段ボールに模造紙を貼った新聞紙大のボードを引き出して、城井に渡した。

城井がそれを受けとると、ボードには『WELCOME』と小さく書かれた下に大きな文字で『LUTON RACING TEAM』と書かれており、脇にボクゾールのマークが描かれていた。

「うわーっ、こんなに立派なのを用意してくれたの！」

「出迎えの日本側エントラントは、自分たちのクルマの準備で忙しいでしょう。せめてそのくらいのお手伝いはしなくちゃと、昨晩になって作ったんですよ。空港で出迎えの人と会えなかったりすると、日本に対する第一印象、あるいはこのレースに対する第一印象が悪くなる恐れがあるし、遠来のお客さんが本来の力を発揮できないのでは、申し訳ないから、こちらで用意いたしました」

小暮がいった。

「ありがとう。事務局で用意してくれるとのことだったので、気分的にずいぶん楽だったよ。自分たちで作るとなったら、ローマ字のつづりを間違えないかとか、い

ろいろ気をつかわなければならないから」
「ええ、私たちの場合は、もうエントリー•リストがパソコンにはいっているから、ずいぶん楽ですよ」
「それでも、これだけ作るのには、時間がかかったんじゃない？」
「ええ、少しはね。段ボールを切ったり、プリントした紙を貼ったりするのは、手作業ですから」
「おかげで助かった。それじゃ、到着出口のところにいってます」
城井が歩きかけると、小暮が、
「ちょっと待って。エントリー・リストのコピーをプリントしておきました。到着したルートン・チームの人たちの名前を確認したいので、確認してもらって、帰りにこちらにお渡しください。これはレースの冠スポンサーの携帯電話会社が、期間中に使える携帯電話機をそれぞれの人に貸してくださるので、電話機を使う人を登録するために必要なのです」
「え、そんなことまでやってくれるの。ありがたいなあ」
「今回のレースは特別なのですよ。東日本大震災の映像ばかりで、日本全体が大きな災害にあっているような印象を、世界に与えているでしょう。影響がない西日本でも、観光客が大幅に減っています。ですから、東京のど真ん中で自動車レースをおこなっているという映像を世界に向けて流して、日本は元気ですよというメッセージを発信するという役目もあるのです。外国から来て出場する人たちにも協力していただくことになりますので、日本側としてもできる限りの努力をしようという姿勢です」
「そういう意味もあったのですか。わかりました。スポンサーにそこまでやっていただくのなら、私たちも最大限の努力をいたします」
「ルートン・チームの方がお見えになったら、書類の名前を確認して、帰りにこちらに渡してください。忘れずにね」
「わかりました。確認して、必ず寄ります」
城井が答えて、土佐にボードを持たせて、いっしょに歩きだした。

2

ボードをもって到着出口の近くにいくと、同じようにボードをもった顔見知りの人たちがいた。レース仲間であり、ライバルでもある。
服装はまちまちで、チームのワッペンのついたブレザーを着ている人もいれば、サーキットで着るスポンサー・カラーのブルゾン姿の人もいた。
「やあ、こんにちは」
城井が挨拶すると、
「こんにちは。あなたのとこ、どこのチームの支援？」

和光レーシングの赤塚孝夫がたずねた。

「イギリスのルートン。ボクゾール・エンジンを使っているチームなんだ」

城井が答えた。

「英語はいいなあ。うちはイタリアのスクデリーア・ロンバルディア。イタリア語なんてチンプンカンプンだから、皆松さんを通訳として派遣してもらった」

皆松真奈美が少し離れたところにいるのは知っていたが、そういわれて皆松がイタリア語に堪能であったことを、城井は思い出した。

「しまった、英語ならなんとかわかるといって、通訳の派遣を断ってしまった。こんな美人がきてくれるんだったら、頼むのだった」

城井が残念そうにいった。皆松が、

「あら、城井さん、いつからお世辞がそんなにお上手になったの」

と笑った。皆松はジャーナリストでもある。主催者から通訳として派遣された和光レーシングで、スクデリーア・ロンバルディアとの言葉のやりとりを助けながら、雑誌の記事を書くために密着取材をするのであろう。

「皆松さんのおかげで、もう勉強になったよ。日本ではスクーデリアと誤って発音しているけど、ほんとうはスクデリーアなんだって」

赤塚がいった。

「そろそろ着いたようだ。それじゃ、今夜、パレス・ホテルで」

到着出口から旅行者が荷物をもってでてきた。アリタリア航空の飛行機がヴァージン航空よりやや早くついていることが、掲示板をみてわかった。

「到着時刻が５分しか違わないから、そろそろルートンの人たちも出てくるだろうな」

「そうな、あとはパスポート・コントロールでの時間と、荷物がターンテーブルにすぐ出てくるかだ」

城井が腕時計を眺めていった。

「今日のスケジュールは、ルートンの人たちをホテルまで連れていって、夕食はパレス・ホテルでの歓迎パーティーだったね」

「そう。着いたばかりの人は、ジェットラグが残っているから、できるだけ早く日本の時間に慣れるようにさせないとね」

「うん。ルートン・チームが泊まるのは、ダイヤモンド・ホテルだったね？」

「そう。主催者の配慮はすごいね。イギリス大使館のすぐ近くだから」

「イタリアのチームも同じなんだ。大使館はどのホテルからも離れているけど、ダイヤモンド・ホテルなら、イタリア文化会館がすぐそばだから」

外国からのチームは、コースに近い２つのホテルにわかれて泊まることになっていた。ダイヤモンド・ホテルとパレス・ホテルである。

到着した水曜日、コースを憶えるために走る木曜日、予選のおこなわれる土曜日には、レース仲間の懇親のために、この２つのホテルで順番に立食のディナー・パーティーが開催される予定であった。本レースが開催される日曜日には、表彰式を兼ねた立食のディナー・パーティーが、帝国ホテルで開催されることになっていた。

「やあ、イタリア・チームが出てきたらしい」

小柄なイタリア人の４人組が和光レーシング・チームの方へと歩みよったことに、平は気がついた。

「チャオ！」

スクデリーア・ロンバルディアの陽気な人たちが、自分たちの名前のボードをみつけて、笑顔で手を振りながら歩いてきた。

「チャオ、ベンベヌーティ、スクデリーア・ロンバルディア！」

皆松が流暢なイタリア語で話しかけた。それを聞いてイタリア人たちの顔から緊張の色が消えた。

４人が賑やかに喋りだし、皆松がその相手をしていた。

「それじゃ、お先に」

赤塚が桜レーシング・チームの人たちに手を振った。

「チャオ！」

いいながら平が手を振ると、イタリア人たちも手を振った。

「うちのチームも出てきたぞ」

土佐が言った。

出口のところでキョロキョロしていた４人組が、土佐の掲げたボードをみて、安堵した表情になり、手を振りながら近づいてきた。

「ルートン・レーシング・チーム？」

城井が尋ねた。

「イエス」

監督らしい男が答えて、

「グッドアフタヌーン。出迎え、感謝します。日本は交通がよくわかりませんので、助かります」

といった。

「グッドアフタヌーン。長旅お疲れさまでした。これからホテルにご案内いたします」

城井が暗記してきた英語をしゃべった。

「ありがとう」

城井が先にたって歩き、ルートン・レーシング・チームの人たちが荷物をもって続いた。その後から平と土佐が続いた。

「ルートン・レーシング・チーム、全員到着しました」

事務局員の小暮和人のところに顔をだして、ルートン・レーシング・チームが到着したことを告げた。
「今ここで、ルートン・チームのメンバーの名前を書類に書きます」
「ルートンが着いた旨を本部に連絡します。スポンサーからの携帯電話が、ホテルに届けられる予定です。月曜日の朝、ホテルを出る時まで使えます」
　木暮が言った。
「ありがとう。私はここでルートンの名前を書き込みます」
　城井がペンを出した。土佐が、
「それじゃ、私はクルマをとってくるよ」
　と、ポケットからキーをだして確かめ、平に、
「あのドアを出た表で待っていて……」
「わかった。お願い」
　平の言葉を背に、土佐が駐車場へと歩いていった。

3

「イギリスからは、あなたたちだけですか？」
　７人乗りのワゴンに荷物を無理やり積んで全員が乗り、成田空港から走りだすと、中央の列のシートに座った城井が尋ねた。
「いえ、ダービー・レーシング・チームが出場するはずですが、この飛行機には乗っていませんでした。たぶん次の便でくるのでしょう」
「じゃ、きっと同じホテルになるでしょう。チームが泊まるホテルが２つあって、あなたたちのホテルがダイヤモンド・ホテルになったのは、イギリス大使館のすぐ近くだからだと思いますから」
　と城井。
「別のホテルとは近いのですか？」
「パレス・ホテルまではちょっと距離があります」
　城井がいってから、
「今日のこれからのスケジュールは知っていますか？」
　と尋ねた。
「いえ、スケジュール表をファクシミリでもらっていますが、空港につけば日本のチームが面倒みてくれるというので、憶えていません。ミスター・……」
　城井が気がついて、
「まだお互いに名乗っていなかったですね。まず、私たちのチームを紹介いたします。私が桜レーシング・チームのオーナー兼監督の城井宏です。後ろの席に座っているのが、ドライバーの平雷太、運転しているのもドライバーの土佐雅人です。チームにはメカニックの岸善樹と小津篤夫がいますが、このクルマは７人乗りなので、お迎えにはこられませんでした。私たちが着くころにホテルにくることになってい

ます」
　城井がいうと、彼の隣に座っていた男が、
「１度には憶えきれませんので、また名前をお尋ねすると思います。私たちのチームは、私が監督のアレクサンダー・ウィルソンです。アレックスと呼んでください。前の席にいるのが、メカニックのレスリー・ウォートンで、後ろの席にいるのが２人ともドライバーで、右側がジャン - スコット・キドナーで、左側がヘンリー・ハンドレーです」
　ウィルソンがいった。
　運転していた土佐雅人が前を向いたまま、
「私はだれがだれだか憶えられないよ。あとでもう１度頼むね」
「もちろん、喜んで……」
　ウィルソンが答えて、
「ところで、ホテルには何時ごろ着きますか？」
　と尋ねた。
「わかりません。東京の入口までは１時間たらずでつきますが、それから先は道路の混雑しだいです。クルマの場合にこれが１番の問題なのです」
　城井が答にならない返事をした。そして、
「今日はホテルにいってチェックインし、夕食はパレス・ホテルで、エントラントと主催者とジャーナリストとの合同夕食パーティーがあります。いくら遅れても、じゅうぶん間に合いますよ」
　と説明した。
「ええ、できれば、１周だけでもコースを見ておきたいと思いましたので……」
　ウィルソンはそういった後、
「あと、有名な秋葉原を見ておきたいのです」
「なにかお買い物ですか？」
「はい、ビデオ・カメラを買ってきてくれと頼まれました」
「日本を発ってイギリスに向かうのはいつですか？」
「月曜日の午前中のフライトです」
「そうすると、今日か明日しかないですね。明日はドライバーたちがコースを憶えるために、クルマで１日中でも走っていられるようなスケジュールになっていますから、その時間をさいて秋葉原にいきましょうか？」
「走る時間が減るわけですね？」
「はい、そうなります。１周 5.198 キロです。マイルになおすと……」
　城井がつかえた。
「１マイルが約 1.6 キロですから、３マイルで 4.8 キロ、だから、5.2 キロは 3.3 マイル弱になります」

平が助け船をだした。
「３マイル強ですか……」
ウィルソンが考えこんだ。彼は走行時間を減らしたくないようであった。
その気持を察して、城井が、
「ホテルに行くまえに秋葉原に寄ってしまいましょう。そうすれば、明日は心おきなくコースを走れますから」
といった。
「そうできますか？」
ウィルソンの声が嬉しそうであった。
「買う機種はもう決まっていますか？」
「はい、バッグのなかにカタログを入れてきました」
「じゃ、買うのにたいして時間はかからないでしょう。近くに駐車場がありますから、だれかが残って荷物の番をしていることにして」
「ありがとうございます。これでスポンサー様からの依頼がはたせます」
ウィルソンは嬉しそうであった。
「土佐さん、わかった？」
「はい、ホテルにいくまえに、買い物のため秋葉原に寄るんだね」
土佐が答えた。

4

首都高速道路を箱崎の手前の福住ランプでおりて、合流の渋滞を避けた土佐は、まっすぐ進んで秋葉原にいった。
駅の近くある駐車場に土佐がワゴンを駐めると、城井が、
「さ、秋葉原につきました」
といい、イギリス人たちが降りる支度をした。
「私が残って荷物の番をしているよ」
平がいうと、土佐が、
「じゃ、私が買い物についていっていい？」
と、嬉しそうであった。
「ちょうど買いたいものがあったんだ。それじゃ、お願い」
といって、ドアを開けて降りた。
「ゆっくりでいいよ」
平は皆が降りるとドアを内側からロックした。それから中央の列のシートの背もたれを倒して、フラットになったところで横になった。

買い物から戻ってきた土佐がドアを叩いたので、うとうとしていた平は目を覚ま

した。
　彼が身体をおこして背もたれを元に戻し、皆がワゴンに乗りこんだ。
「やあ、お帰り。お目当ての機種はありましたか？」
「ええ、おかげで希望どおりのものを買うことができました」
　ウィルソンが嬉しそうに答えた。
「ここからホテルまでどういったらいい？」
　土佐が尋ねた。
「私が運転するよ。成田からずっと運転してもらったから」
　平がいって、スライド・ドアから降りた。彼は運転席に座ると、ルームミラーの位置をあわせ、エンジンをかけた。
「忘れ物はないですね？」
「はい、すべて持っています」
　ウィルソンが答えた。
「それではスタート」
　平がいって静かにクルマを走らせた。神田の古書店街をとおり、九段上までいってから左に曲がれば英国大使館の前にでる……。
　駿河台下までいくと、平が、
「もしご希望なら、ホテルに行く前に、レース・コースを１周することができます。１周するのに 15 分ほどかかりますが……」
　といった。
「そいつは嬉しい。ぜひお願いします」
　ウィルソンがいった。
「それでは、コースをご案内いたします。城井さん、コース図がどこかにあったと思うんだけど」
「あ、これね」
　城井がコース図をだした。
「それ、ルートンの人に見せてあげてよ」
　平が神保町の交差点を左に曲がった。学士会館と如水会館のあいだを抜けたあたりで、
「この先が丁字路になっています。右に曲がるとそこがレース・コースです」
　といって進み、折よく信号が緑になっていた交差点を待たずに右に曲がることができ、平が曲がりながら、
「さあ、レース・コースにはいりました。いまが桜の花の季節で一番美しい時期です」
　といった。
　片側４車線の道路を竹橋に向かう。竹橋の交差点を渡りながら、平が、
「これから先は、レースの時に反対側を走ります。その理由は少しいけばわかります」

といった。ゆるい坂をのぼって右にカーブすると、左側に高速道路の入口があった。千鳥ヶ淵交差点へ向かうには、その横の狭い車線を通らなければならない。
「ここが狭いので、レースの時は反対側を走ります」
現場をみて、ルートン・レーシング・チームの人たちも納得したようであった。
そこを抜けて高速道路とお掘を両側にみて、千鳥ヶ淵交差点につき、信号を待ちながら、
「ここを左に曲がります。すぐ先の右側にイギリス大使館があります。あなたがたと私たちが泊まるダイヤモンド・ホテルはその向こう側にあります」
と説明した。
信号が緑になって走りだすと、平は交差点を左に曲がってから右側の車線を走った。
「右側がイギリス大使館です」
説明を終えると、彼は半蔵門交差点へと向かいながら、左の車線に移った。
半蔵門からはやや下りになる。三宅坂、桜田門と左側の車線を走り、祝田橋の交差点を左に曲がると、平が、
「このすぐ先がスタート／フィニッシュ・ラインになります。正確な位置は私も知りません」
といった。

1400メートルほど続くほぼまっすぐな道路を走りながら、平が、
「右側にある新しい建物が、パレス・ホテルです。今晩の夕食はこのホテルで、ウェルカム・パーティーの立食です」
と説明した。うまい具合に赤信号にひっかかることなく走りつづけたワゴンは、気象庁前をお掘にそって左にカーブした。
「さあ、これでコースを１周したことになります。さっき右側からこの交差点にはいってきました」
「わかりました。ありがとう」
ウィルソン監督がいった。
竹橋をすぎて、高速道路の入口をすぎた。
「さあ、これでホテルにいきます。レース・コースは、さっき走ったように、この先を左に曲がりますが、ホテルにいくために、私たちはそこをまっすぐいきます」
平は説明しながら、右側の車線によせた。
千鳥ヶ淵交差点を直進した平は、細くなった道路を抑えたスピードで走ってから、左に曲がってダイヤモンド・ホテルの駐車場にワゴンを駐めた。
「ありがとうございました。おかげで、買い物もできましたし、コースを見ることもできました」
ウィルソンがいった。

「コースを走って、いくらか参考になりましたでしょうか？」
城井が尋ねた。
「ええ、見せていただいてよかったです。このコースをレースに使うのは、これが始めてですね？」
「はい、日本で公道を使ったレースが開催されるのは、これが初めてです。少なくとも1960年代以降は開催されていなかったと記憶しています」
「で、私たちにはカーブの名前がわかりません。交差点に名前がついているようですが、私たちには読めませんので……」
「なるほど。あとで考えましょう。そのままローマ字にしても憶えにくいでしょうし……。憶えやすくて、お互いに理解できるような名前を考えたいと思います。たとえば、最後の交差点は千鳥ヶ淵ですが、サウザンド・バードとすれば、お互いに場所を特定できると思います」
「それはすばらしいアイディアです。ぜひお願いいたします」
「とにかくチェックインしましょう。荷物をすっかり持ってください。今晩から日曜の晩まで、このホテルに泊まりますから」
城井のことばに、皆がそれぞれの荷物をもって、ワゴンを降りた。

5

ホテルにチェックインをすると、フロントマンが、
「レース事務局から携帯電話機が届いています」
と紙の手提げ袋を渡した。
「ありがとうございます」
城井が受け取って、予約してあった部屋を、それぞれに割り当てて、キーと携帯電話機を渡した。携帯電話機は充電器といっしょに小さなバッグに入っており、その他に電話機を肩から下げるもっと小さなバッグが付いていた。彼はそれぞれの名前と部屋番号をメモした。そして、携帯電話機が入っていた紙袋に付いていたメモを見て、
「レースの冠スポンサーから提供された携帯電話機です。日本に滞在中に、通話料を気にせずに使ってください、とのことです。フル充電されていますので、充電器は部屋に置いて、電話機だけ必ず持ってきてください。それでは、シャワーを浴びたら、ロビーにきてください。メカニックを含めてあらためて紹介したいですし、これからの予定を相談したいと思います」
「45分ほど時間をいただけますか？」
とウィルソン。
「はい、ただ、うっかり眠らないように。眠りそうだったら、早めにロビーにきてください。私は20分ほどでロビーにいっています。交差点の名前も考えておきた

いですし……」
　城井がいうと、ウィルソンが、
「それそれ、ぜひお願いします」
「それじゃ、のちほど」
　荷物が多いので同じ階にいくのに一度にはエレベーターに乗りきれなかった。

　東京に住んでいる日本チームの人たちも、ホテルに泊まることになっているのは、外国のチームとの友好を促進するためであった。
　レースというと勝った負けたが優先され、うっかりすると勝ち負け以外のことが見えなくなってしまう。まずレースを楽しみ、レース仲間としていっしょに遊び、そのうえでレースにおいて正々堂々の戦いを演ずるという、主催者の姿勢であった。
　イギリスからの出場者たちは、長い飛行機の旅の疲れと汚れを落とすために長風呂が必要であったが、成田に往復しただけの日本人たちには、風呂の必要もなかった。しかし、初めて顔をあわせるパレス・ホテルでの歓迎パーティーのことを考えると、烏の行水であっても風呂にはいっておくことが望ましかった。
　城井は手早くシャワーを浴びると、コース図をもってロビーに降りた。すでにドライバーの平と土佐がきていた。
「交差点の名前を考えておこう。うまく決められれば、他のチームでも使える。日本人は交差点の名前を使ってコース上の場所を特定できるけど、日本の名前を外国人に憶えさせるのは気の毒だから、わかりやすい外国名前に置き換えたい。日本人にもわかる名前という条件がつくが……」
「そうね。じゃ、これコピーとってくる」
　平がいって、地図をとり、フロントにもっていって３枚ほどコピーした。
「さて、スタート地点からいこう。ひととおり全部やってから、修正することにして、とにかく英語になおしておこう。二重橋だから、文字どおりだとダブル・ブリッジ……」
「ここはピットアウトでいいな。ここはむしろトーキョー・ステーションのほうがわかりやすい」
「パレス・ホテルはそのまま使える」
「気象庁はなんといった？」
「ウェザー・……、さあ、なんというのだろう？」
「連中、イギリス人だから、あとで訊いてみよう。次」
「平川門はフラット・リバー・ゲイト」
「竹橋もバンブー・ブリッジ。ハワイアンにそんな曲があったなあ」
「北の丸は、ノース・サークル」
「千鳥ヶ淵は、千鳥はなんという？」

「サウザンド・バードでいい。これなら日本人にもわかる」
「イギリス大使館はそのまま使える」
「半蔵門は……？」
「服部半蔵だから、忍者とすれば、連中にも憶えやすい。カワサキのバイクにニンジャというモデルがあるから、憶えが早い……」
「国立劇場はナショナル・シアターでそのまま使える」
「三宅坂はどうする？」
「さて、困った……」
「最高裁判所でいくか……。けど、英語でなんていった？」
「それじゃ、少し離れているけど、国立国会図書館にするか。ナショナル・ライブラリーでは？」
「ここは国会議事堂、パーラメントでいい」
「桜田門は、警視庁があるから、ポリス・コーナーでいいな」
「祝田橋は、フェスティバル・ブリッジで日本人にもわかるだろう」
思ったよりかんたんに地名の英語化が終わったので、城井たちはホッとした。残るは気象庁だけであった。外国人チームから英語でその地名をいわれたときに、辞書をもっていない日本人が理解できることが必要であった。

6

地名の英語表記がほとんど終わったときに、チームのメカニックたち、岸善樹と小津篤夫がはいってきた。
「遅くなりまして……」
「お疲れさん。まずチェックインして部屋に荷物を置いて、パーティーにいく用意をしてくれ。それから、これはレースの冠スポンサーから提供された携帯電話機だ。月曜日の朝まで、通話料を気にしないで、自由に使っていいんだ。これからずっと持っていてくれ」
城井から携帯電話機を受け取った２人がフロントにいった。２人はすぐに戻ってくると、キーをみせて、
「それじゃ、荷物を部屋に置いてくる」
といって、エレベーターの方へと歩きかけた。
「イギリス・チームの人たちの部屋が同じフロアーだ。シャワーを浴びたら５時半にはここに降りてくることになっている。パーティーは６時からパレスホテル。バスがでることになっている」
城井が後ろから声をかけた。
「わかった。顔を洗うだけで、すぐ戻ります」
２人が元気よく答えて、エレベーターのなかに消えた。

しばらくすると、２人の日本人メカニックとイギリス人たちが、同じエレベーターで降りてきた。すでに自己紹介を終わっているらしく、仲よく話をしながら城井たちのところにやってきた。

ルートン・レーシング・チームのメンバーたちは長旅で生えた不精髭をそり、きちんとしたイギリス紳士に変身していた。

「さ、座ってください。はじめはお互いのチームの人の顔が見えるように、イギリスチームと日本チームが向かいあって座るほうがいいでしょう」

城井のことばに、城井の向かいに座っていた平と土佐が城井の隣に移った。ルートン・レーシング・チームの人たちが桜レーシング・チームと向かいあって座ると、

「ジェット・ラグで眠いでしょう」

岸がたずねた。

「かなり眠いですよ。レースのためにヨーロッパ大陸までいくことはよくありますが、これだけ時間がかかって時差の大きいのは、はじめてです」

ウィルソンがいった。

「明日と明後日でジェット・ラグが消えるといいですがね。ジェット・ラグを解消するいい方法ってあるんですか？」

「眠くても我慢して、現地の時間帯にあわせることぐらいじゃないですか」

ウィルソンがいうと、城井が、

「さて、名前の紹介からいきましょう」

といって、イギリス側の顔を見回した。

「どうぞ、お願いします」

ウィルソンがいうと、城井が、

「その前に、紅茶かコーヒーを注文いたしましょうか？　ビールと言いたいところですが、眠くなると困りますし、ビールはパーティーで飲むことにして……。日本の紅茶が本場イギリスの方のお口にあうかどうかはわかりませんが……」

「チームの全員に紅茶をお願いします」

ウィルソンの返事をきいて、城井が左右をみて、

「コーヒー？　紅茶？」

「私はコーヒー」

「私は紅茶」

城井がウェイターを手招きした。

「お呼びでございますか」

「コーヒーを２つと、あとは全員紅茶をお願いします」

「紅茶はミルク紅茶にいたしますか、それともレモンで？」

「どうなさいます、ミルクティーか、レモンティーか？」

「ミルクティーをお願いします」
　ウィルソンの言葉をウェイターが理解して、
「コーヒー２つと、あとはミルクティー、かしこまりました」
　といって、一礼するとテーブルを離れた。
　それを見送って、城井が、
「私がチーム監督の城井宏です。両隣りがドライバーで、こちらが平雷太、その向こうが彼のマシーンの面倒をみるメカニックの岸善樹です。こっちのドライバーは土佐雅人で、その向こうが彼のマシーンを担当するメカニックの小津篤夫です」
　城井が日本側のメンバーを紹介すると、ウィルソンがイギリス側を紹介した。
「私たちは４人できました。５人でくればクルマの準備やなにか、もう少し楽になるのでしょうが、お金がないものですから……。私が監督兼メカニックのアレクサンダー・ウィルソンです。私が担当するのがこのドライバー、ジャン-スコット・キドナーです。こちらもドライバーで、ヘンリー・ハンドレー。彼のマシーンはその隣に座っているメカニックのレスリー・ウォートンが担当します」
「１度では憶えきれませんね」
「マシーンの整備ならお手のものですが､外国人の顔と名前を憶えるのは苦手です」
　お互いに苦笑しながら、
「名前を忘れたら、ハーイ、ミスター・ルートン、て呼びかけますから」
「そりゃいい。私たちも、ハーイ、ミスター・サクラと呼んで、それから名前を訊くことにします」
「それから、レースの冠スポンサーが提供してくれた携帯電話機は、月曜日の朝、このホテルをチェックアウトする時に、私にお返しください。それまでは通話料を気にせずに使ってください。鞄の中にレース関係者の電話番号と名前のリストが入っていたと思います。使い方は英文の説明書が付いていたはずです」
「スポンサーも粋なことをしてくれますね。これで、安心して歩けます」
　ウィルソンが言った。
「ところで、前にいっていた、コース上の位置を特定する方法で、遠来のお客さんにわかりやすくて日本人がきいても理解できる名前を、さっき考えてみました。これで理解できるかどうか、別の悪い意味が含まれていないか、おかしな表現だといけないので、チェックしてください」
　城井がいって、ローマ字を書きこんだ地図をウィルソンに渡した。
　ウィルソンがそれを手にとって読んでいると、
「ここのウエザーというところ、気象情報や天気予報をだす組織の一番上なのですが、どう表現したらいいのでしょうか？」
　と、城井がたずねた。
「メテオロロジカル・エージェンシーのことでしょうか？」

「なんでしょうか、そのメテオロ何とかエージェンシーというのは？」
「メテオロロジカルではわからない。それでは、ふつうの日本人に、ウエザーという単語が理解できますか？」
「はい、大丈夫だと思います」
「でしたら、ウエザー・オフィスという表現でいいと思います」
「なるほど、オフィスでよいのでしたか。」
「いや、こちらこそ、ここまでしていただいて、感謝しております。ウエザー・オフィスなら、ああ、そういう官庁なんだなと、すぐに理解できますが、日本語の発音で憶えろといわれたら、チンプンカンプンで憶えにくいですから」
「それでは、地図に書いてくれますか？」
城井が地図とペンを差しだした。ウィルソンがペンを受けとって、城井たちが書いた地図に Weather Office と書きいれた。そして、
「ほかのチームにもあげたいですね。ヨーロッパ大陸のチームでも、英語を理解できますから、これがあればサポートしてくれる日本チームとのコミュニケーションがずっとうまくいくと思います」
「そうですね。それじゃ、これをもっときれいに書いて、コピーしてもっていきましょう。私たちが使うほかに、余分を３枚コピーして主催者に渡せば、あとはそれぞれのホテルでコピーするように手配してくれるでしょうから。ローマ字を書くのをお願いできますか？」
「ええ、お役にたつなら喜んで。活字体の大文字がいいですね」
ウィルソンがペンをとって、新しい地図にローマ字を書きこんだ。彼のみごとな文字に日本人が感心していると、
「マシーンにドライバーの名前を書いたりするでしょう。ですからこういうのは慣れているんですよ」
と、顔をあげて微笑み、また書きつづけた。
うまい具合にちょうど書きおわったところに、飲み物が運ばれてきた。城井はウィルソンが書きあげた地図を受けとって、岸に渡した。
「これ、コピーとってきて。13 枚」
「はい」
岸がフロントで地図をコピーしてもらっているあいだに、コーヒーと紅茶がテーブルのうえに並べられた。岸はコピーをもって戻ってくると、全員に１枚ずつ配り、残りを城井に渡した。
「サンキュー」
「ありがとう」
皆がお茶を飲みながら地図を眺めた。
「これで場所がわかりますか？」

城井がルートン・レーシング・チームのメンバーに尋ねた。
「ええ、憶えやすいです。で、私たちがこういう表現して、日本人にわかるのですね？」
とメカニックのウォートン。
「その点はご心配なく。正確でない部分もありますが、わかることは請け合います」
城井がいうと、ハンドレーが、
「正確でないというと、例えば……？」
「ここのサウザンド・バードというのは、正確ではありません。鳥の種類、例えば雀とか燕のような名前なのですが、正確にはなんというのか知りません。もしこの鳥の学名を書いたら、日本人で理解できる人が極端に少なくなります。サウザンド・バードという表現なら、いったん憶えればもう大丈夫です」
「よくわかりませんが、私たちと日本人のあいだで、場所を特定する共通の地名として、お互いに理解できるのなら、それで結構です」
といいました。
「お腹が空いたでしょう？」
平が尋ねた。
「ええ、飛行機のなかで食べただけですから、今はかなりお腹が空いています。でも飛行機では座ったきりで運動もせずに食べていたでしょう。ですから成田についたときは、お腹がいっぱいでした」
「あと 15 分ほどでバスがでます。歓迎夕食パーティーの会場のパレス・ホテルはバスで 10 分ほどかかります。コースに面していますから、さっき前を通りました。そこで夕食をがっちり食べてください」
「楽しみにしています。挨拶があまり長くないといいですけどね」
ウィルソンがそういって笑った。

7

夕方の６時からパレス・ホテルで開催された、インペリアル・カップ・レースの歓迎パーティーは、大盛況であった。
このレースは前の年の初夏に企画された。2011 年３月 11 日の、通称３・１１の東日本大震災のあと、日本を貶(おとし)めようとする勢力が、ＴＶを使って、日本中が放射能に汚染されているかのような映像を流し、時節柄お花見を自粛しようとか、日本中に沈滞ムードを広めていた。
本来なら、放射能汚染と関係のない地域では、盛大にお花見をして、明るく生活している様子を、ＴＶで放映して、災害にあった地域の映像とバランスをとるべきであった。大阪の造幣局の桜の通り抜けが７日間にわたって賑やかにおこなわれていた。日本地図で大阪の場所をはっきり示して、ここではこんなに賑やかにお花見をしています、という映像を、世界に向けて配信することが望ましかった。

しかし、ＴＶ業界に根をはった反日勢力が、この状況を利用して、外国から日本に観光に行こうという気持にならないような映像ばかりを流しつづけ、そういう映像が外国に向けて配信されていた。

じっさいは、上野公園で盛大にお花見ができる状況にあったが、時節柄お花見を自粛しようという声で、反日勢力が東京でのお花見ができない雰囲気をつくりあげていた。ほんとうは震災の影響が少ない上野公園で賑やかに花見をして、東京で元気に花見をしている様子を、映像として世界に配信していればよかった。花見はお酒も団子もいつもよりいくぶんか値段を高くして、高くした分を復興のための支援に廻すことが望ましかった。

しかし実情は、日本全国が放射能汚染地域になってしょぼくれているような印象を与えるテレビ映像ばかりを世界に配信し、外国からの観光客を減らしたのであった。

そんな状況を心配して企画されたが、都心の道路で臨時のサーキットを設定し、そこでレースを開催するものであった。日本では公道レースの前例がごく少なく、所轄官庁の許可がおりるとは思えなかった。しかしこの企画は話がとんとん拍子に運んで、国際自動車連盟（ＦＩＡ）の許可をとりつけ、開催できるようになった。これには陰で大物政治家が動いたという噂があるが、真偽のほどは確認されていない。

ヨーロッパからの遠来のエントラントに日本のエントラントが付き添うというシステムが、遠征組から大好評であった。日本のエントラントも、自分たちが外国のレース仲間の役に立っていることを感じて、これまでの勝った負けただけのレースから、レース仲間との交流という新しい側面を経験して、嬉しく思っていた。

さらに、レースの冠スポンサーの携帯電話会社が、レースが終わるまで預けてくれた携帯電話機のおかげで、日本まで遠征してきた外国のチームの人たちと、面倒を見ている日本チームの人たちと連絡が取りやすくなり、ひじょうに好評であった。

ヨーロッパのチームは、ヨーロッパのサーキットで顔なじみであったが、お互いにこれほど親しく話をしたことはなく、日本にきたおかげで親密になれたと喜んでいた。なにしろヨーロッパと較べると物価高の日本である。チームがそろって食事にいくと、それだけでかなりの金額が消えてしまう。主催者は金曜日の他は連日連夜のパーティーを開催して、遠来の客人が夕食をとるとともに、お互いの友好を深めるように配慮していた。

桜レーシング・チームが製作した、英文地名入りの地図は、主催者の手によってコピーされて各チームに配られ、大好評を博した。ヨーロッパからきたチームは、日本名前の交差点の名前を憶えるのに四苦八苦することが予想されていたからである。

「このニンジャというのは、あのニンジャのことなのですか？」

ダービー・レーシング・チームのビル・ヒューストンが尋ねた。

「そうです。服部半蔵という忍者が住んでいた屋敷の跡なので、日本では半蔵門といいます。半蔵が住んでいた屋敷の門、という意味です。服部半蔵は、日本の歴史で最も有名な忍者の一人です」

ダービー・レーシング・チームの面倒をみている富士レーシング・チームの児玉監督が答えた。

「なるほど……。ほんとうは、ハンゾーズ・ゲイトなんですね」

「ええ、でもそれだとあなたたちには憶えにくいでしょう」

「ニンジャの方が憶えやすいですね」

ヒューストンが納得したところに、

「このレースには出場しませんが、日本に服部尚貴というドライバーがいます。彼は服部半蔵の末裔(まつえい)で、幼いときに忍者の修行を積んでいますから、とても速いです」

脇から同じチームのドライバーの村田浩三が解説した。服部尚貴が速いのは事実であるが、服部半蔵の末裔であるというのはもちろん口から出まかせである。

「そうですか。どんな走りをするのか、見てみたいですね」

ヒューストンが真に受けていった。

「さあ、ここでお腹をいっぱいにしておきましょう。日本でヨーロッパ風の食事をすると、ひじょうに高いものにつきますから」

村田がヒューストンに勧めた。

スクデリーア・ロンバルディアの面倒をみる和光レーシング・チームに、通訳として参加していた皆松真奈美は、監督のマリノーニと赤塚の話が食い違うので困っていた。

「お風呂屋さんに行きたいのですが……」

マリノーニが言った。

「お風呂なら、部屋についています。あれで我慢してください。この近くに銭湯があるかどうか私は知りません。それに、そこまでクルマでいっても駐めるところがないですし、銭湯の脱衣場で物をなくしたり盗まれたりすると困ります」

赤塚が答えた。

「マッサージ・パーラーに連れて行ってくれますか？」

「長旅で疲れたでしょう。マッサージでしたら、フロントに頼めば呼んでくれるはずです。英語ですけど部屋に案内が書いてあったと思います」

「どうも話がうまく伝わらないようですね……」

皆松はそう通訳してから、

「私の通訳が悪いのでしょうか？」

と、赤塚とマリノーニに尋ねた。

「赤塚さん、あなた英語わかりますか？」

「いくらかなら」
「じゃ、英語で話します。グラッツィエ、マナミ」
マリノーニが皆松にお礼をいった。座をはずしてくれという意思表示である。それを察して赤松が、
「ありがとう。英語でなんとかやってみるよ。少し食べておいで。お腹が空いて倒れると困るから」
「はい、そうさせていただきます。なんだかお役にたたなくて……」
そういって皆松は２人から離れて料理のほうへと歩きだしたが、
「あ……！」
と思わず声をだし、顔を赤らめた。
〈日本にまで遠征してくるレーシング・チームの監督さんだと思って、真面目に通訳していたからわからなかったけど、やはりイタリア人なのね。こういうのは、男同士で英語でやってもらえばいいわ〉
彼女は通訳としての未熟さを反省した。
通訳の皆松真奈美がいなくなると、マリノーニがイタリア訛りの強い英語で赤塚にいった。
「マッサージ・パーラーにつれていってください」
「マッサージ・パーラーって？　マッサージならホテルのフロントに頼めば部屋にくるように手配してくれますけど……」
「お風呂屋さんにつれていってください」
「さっきもいったでしょう。部屋の風呂で我慢しなさいって」
「そうじゃないんです。特別なお風呂、ヨシワラ」
「あ、わかった！」
ここで赤塚にも合点がいった。
「あんたのいいたいことがわかったよ。でも、私たちは特別なお風呂屋さんについての情報をもっていないんだ。その方面に詳しいジャーナリストがきていると思うから、尋ねてみるよ。ちょっと捜すから、このあたりにいてね」
マリノーニの顔にホッとした表情がうかんだ。２人のやりとりを見守っていたチームのドライバーとメカニックが、マリノーニに話しかけた。首尾を尋ねているのである。
一方、赤塚は自動車雑誌の若い編集記者の八田美津夫をみつけると、
「ちょっと、八田さん。手助けしてよ」
「なんでしょう？　私にできることなら……」
「この会場にたくさんジャーナリストがいても、他の人じゃ頼りにならないから、ぜひお願い。ちょっときてよ」
「なんです、気持わるいな……」

言いながらも、八田はまんざらでもない顔つきで、赤塚の後ろについていった。赤塚は八田をつれてマリノーニのところに戻り、
「ミスター・ハッタを紹介するよ。彼は腕のよいジャーナリストだから、いい情報をもっているんだ」
と紹介した。
「はじめまして。スクデリーア・ロンバルディアのマリノーニです」
「ジャーナリストの八田美津夫です」
「さっそくですが、特別なお風呂屋さんにつれていってください。ヨシワラ」
「オー、イエース。いっしょに行こうよ。八っちゃんもアモーレ、ね」
八田が元気よく答えた。
その言葉をきいて、マリノーニだけでなく、傍(かたわ)らで見守っていたチームのメンバーもにっこりした。
「それじゃ、八田さん、頼んだよ」
赤塚はそういって、その場を離れた。
〈こんな話を通訳させて、皆松嬢には気の毒をした。謝らなくちゃ。機嫌をなおして明日からもちゃんと働いてくれればいいが……〉
その皆松真奈美は通訳の仕事から解放されて、お皿を手に料理を選んでいた。
「真奈美ちゃん、ごめん。あんな話だとは知らなかったもので」
近くにいって赤塚が声をかけると、皆松は、
「あ、赤塚さん。あとで考えたら、私ってトンチンカンな通訳をしてました。ごめんなさい。で、どうなりました？」
「じゃ、どういうことか、わかったの？」
「ええ、日本まで遠征してきたレーシング•チームの監督さんとしてみていたので、長旅で疲れたのだという先入観があって、そっちの方まで気がまわらなかったの。通訳としてまだ未熟ね。でも、赤塚さんは、どうしてわかったの？」
「通じないときには、固有名詞をだすんですよ。たとえばビールだったら、イタリアでもナストロ・アズーロとか、他の国の、レーベンブロイ、ハイネケン、バドワイザー、キリンと商品名をだせば、相手は理解してくれるだろう」
「それで？」
「吉原っていったから理解できたんだ。それで、その方面に詳しい編集記者の八田さんにお願いしてね。八田さんが、八っちゃんもアモーレねっていったら、チームの全員が喜んでね……」
赤塚が説明した。
「ドンピシャの人選ね」
「あ、皆松さんは八田さんがあっちの方面に詳しいってこと、知っていたの？」
「いえ、八っちゃんもアモーレって発音が、レッツ・メイク・ラブという意味のイ

タリア語によく似ているの」
　言いながら、さすがに皆松は顔を赤らめた。近くにいたルートン・レーシング・チームのドライバー、ジャン - スコット・キドナーが、にやにやしていたからである。
「誤解しないでくださいね、ミスター・……」
「キドナー、ルートン・レーシング・チームのドライバー、ジャン - スコット・キドナーです」
「私はスクデリーア・ロンバルディアのマリノーニさんと、和光レーシング・チームのこの赤塚さんとのあいだの通訳をしている、皆松真奈美です」
「よろしく」
「よろしく」
「さっき、変なこと口走ったでしょう。ジャーナリストのミスター八田が、八っちゃんもアモーレといったのですが、その発音がイタリア語の Facciamo Amore とよく似ていて、さっきいったような意味をもつってこと、説明していたんです」
「わかります。ロンバルディアのマリノーニさんは、いつでもそうなんですよ。イギリスに来た時もそうでした。でも彼は、日本の吉原には、特別の憧れを持っているようです。『メトロポリス』という映画の中に、赤いネオンサインでローマ字のＹＯＳＨＩＷＡＲＡという文字が書いてあったといっていましたよ」
　キドナーが言って、赤塚にウィンクしてみせた。
「じゃ、学があるんですね」
　と赤塚。
「あれで、なかなかインテリなんですよ、彼は。さっき話をしたのですけど、日本に来たからぜひ吉原に行ってくる、と張り切っていました。それに、紳士ですから、これまで仕事の関係の女性とトラブルを起こしたことがありません。通訳をしてくれる皆松さんに迫ることはないですよ」
　キドナーが付け加えた。
「それを聞いて安心しました」
　と皆松。
「じゃ、八田さんと同じだ」
　と赤塚。
「どうして？」
「八田さんも仕事の関係の女性とトラブルを起こしたことがないのが自慢だそうです。ロハス LOHAS して仕事じゃ石部金吉さん、と言っていますよ。Lifestyle Of Health And Soap、ライフスタイル・オブ・ヘルス・アンド・ソープだそうです」
　赤塚が説明した。

第２章　皇居周回コース

1

４月５日（木曜日）。

ドライバーたちがコースを憶えるために、コースを走る日である。

しかし、そのためにレース・コースにあたる部分の道路から一般の車両を締め出すことはせず、ドライバーたちがナンバー付きの市販車に乗って、一般の交通に混じって走ることになっていた。

都心でレースを開催することによって、一般の交通に不便をかけることをなるべく少なくしたい、という主催者の意向であった。これはまた、このようなレースを継続して開催するために必要な配慮でもあった。

桜レーシング・チームのメンバーは、ルートン・レーシング・チームの人たちと同じテーブルで朝食をとっていた。少し離れたテーブルでは、同じくイギリスからきたダービー・レーシング・チームのメンバーが、富士レーシング・チームのメンバーと同じテーブルについていた。

「今日の予定は、コースを憶えるために、クルマでコースを走ることだけです。クルマは日本の自動車メーカーの大江戸自動車が貸してくれました。稲荷（いなり）という小さな２座席オープンカーです」

桜レーシング・チームの城井宏監督が説明した。

「一般の交通といっしょに走ります。東京の都心のトラフィック・ジャムのなかを走るのです。速度制限は時速 50 キロです。時速 31 マイルになりますが……。交通法規を守って走ってください」

城井が説明すると、ウィルソンが、

「オー、テリブル！」

と、肩をすくめた。城井が言葉を続けて、

「最初に桜レーシング・チームのドライバーたち、平と土佐が運転して、キドナーさんとハンドレーさんがパッセンジャー・シートに乗ってください。ふたりが道路を憶えましたら、平と土佐がクルマを降りて、キドナーさんとハンドレーさんが運転し、ウィルソンさんとウォートンさんが横に乗ってください。昨日コースを１周しておわかりと思いますが、コースは常に左に曲がるのですから、走るのはかんたんです。スタート／フィニッシュ地点の左側にある広場を、駐車場として特別に使えることになっています。そこに私たちのワゴン、昨日成田から乗ってきたワゴンですが、それを駐めておきます。そこでドライバーの交替をおこないます」

説明を聞いて、ウィルソンの表情に微笑みが戻った。城井は説明を続けた。

「昨日お渡しした携帯電話機は持ちましたね」

「はい、至れり尽くせりのご配慮、ありがとうございます」

「いえ、これは私がやったことではありません。主催者とレースの冠スポンサーが考えたことです」

城井が言った。

「それじゃ、そろそろ出かけましょうか」

「ヘルメットは要らないですね？」

「はい、要りません。日焼け防止のために、帽子が必要かもしれませんが」

城井の言葉に、皆が立ちあがった。

2

日英２チームのメンバーが駐車場にいくと、稲荷が４台駐まっていた。オープンの状態である。

稲荷は大江戸自動車がＰＲの一環として提供してくれたものであった。前輪駆動の２座席オープンカーは、軽自動車の規格拡大によりゆったりしたボディーを得ており、排気量がわずか 660cc ながらターボチャージャーのおかげで強力な加速をみせるスポーティーなクルマである。もちろんマニュアル・シフト仕様である。

城井が平と土佐にキーを渡した。広報車両の常として、ナンバーの書いてあるキーホルダーがついていた。

「ジャン - スコット、どうぞ」

平がキドナーに声をかけて、運転席に座った。キドナーが助手席に座ると、平はシートベルトを締めながら、

「城井さんがいったように、まず私が運転します。１周か２周して、あなたが道を憶えたら、いつでも運転を替わります。今日はあなたがた遠来のお客さんに道を憶えてもらうための日です。納得いくまで走ってください」

といった。

「サンキュー」

キドナーがいった。平がキーを捻った。

グォン

稲荷のエンジンが抑えた排気音をたてて始動した。エンジンは暖まっていた。平はクラッチを深く踏んでギアをいれた。

「それじゃ、先にいくよ」

ゆっくり駐車場をでた平は、細い通りを抑えたスピードで走り、大通りにでて左

に曲がると、半蔵門の交差点に向かいながら、右曲がりの車線にはいった。
「ここがニンジャです。これを右に曲がって、コースを走ります」
平が説明した。
スピードがでていないので、楽に話ができる。
信号が緑になって、待っていたクルマが動きだした。平はクルマの列について右に曲がり、左側の車線を選んだ。
「右側の黒い建物が、国立劇場です。ナショナル・シアターです」
いいながら三宅坂に向かって走りつづけ、
「レースの時に道路が閉鎖されれば、道幅をいっぱいに使って走れますけど、いまはふつうのクルマと同じように走ります」
「それでじゅうぶんです」
キドナーが答えた。三宅坂の近くまでくると、
「あの建物のどれかが、ナショナル・ライブラリーですが、どれがそうだか私にはわかりません」
と、平は右前方を指さした。
「ここのカーブは逆バンク気味になっています。レースの時は道幅いっぱいに使えますから、そうでもないですけど……」
と、一番左側の車線を走りながら説明した。
「わかります」
キドナーがいった。
道路がいったんゆるく右にカーブして、交差点になった。平は右後ろを指さして、
「あれが国会議事堂です。それで、ここを国会議事堂と名付けました」
と説明した。そのあいだにもクルマは右カーブになった桜田門の交差点に近づいていった。平が右側の建物を指さして、
「あれがポリスのビルディングです」
と説明した後、中央分離帯を指さし、
「レース走行は左側を走ります。ピットに入るときは、あの右側をいくことになっています。地図に説明が書いてあったと思いますが……」
「はい、読みました。あれの右側がピットレーンと解釈するわけですね」
キドナーはすでに地図を詳しく見ていたようであり、ポイントになる地点を予測していた。
祝田橋の交差点で信号待ちをしながら、
「ピットインするクルマは、あっちからきて、ここを左に曲がって、中央分離帯の向こう側にでます。それからすぐに右に曲がって、松の樹がたくさん見えるでしょう、あっちへいきます。ピットはあっちに設置されます。レースが始まってしまえば、入る必要がないはずですが……」

「レース中には入りたくないですね」
　キドナーがいった。
　信号が緑になって、クルマの列が動きだした。平は意識してゆっくり加速し、右側を指さして、
「ピットへいくには、あそこを曲がります。このクルマは背が低いので、よく見えませんが……」
　と右側を指さして説明してから、左側を指さし、
「ワゴンはこの広場のどこかに駐めておくはずです。いつもはクルマが入れませんが、今日は特別に許可されています」
「あれは本部のクルマでしょうか。あと、よそのチームのワゴンがありますね」
　キドナーのいうとおり、本部のワゴンが駐まっていた。横腹に『Imperial Cup Race』と書かれた幕をつけている。
　その近くにいた人たちが手を振っていた。稲荷のドアに貼られたステッカーによって、乗っているのがインペリアル・カップ・レースに出場するドライバーだとわかっているのである。
「ハアーイ！」
　キドナーが陽気に手を振って応えた。
　平がアクセルを踏みこみ、ターボチャージャーのヒューンという唸りが聞こえて、稲荷が660ccとは思えない加速をした。
「ファンタスティック！」
　キドナーの称賛のことばを聞いて、平は日本人として嬉しく感じた。
「この交差点から右のほうをみると、東京駅がみえます。それで、この交差点をステーションと呼ぶことにしました」
　交差点の手前で平が説明した。キドナーが右のほうをみて、はるか遠くに東京駅の駅舎をみとめ、納得したように、
「わかりました」
　と大声ではっきりいった。
　平は他のクルマの流れにしたがって走りながら、
「いうまでもないことですが、この区間がもっとも速い部分です。また、もっとも安全に抜ける場所でもあります」
　と説明すると、キドナーが、
「ホンダ・エンジンを積んだマシーンに気をつける必要がありますね。あのエンジンは高回転の伸びがいいですから、カーブをヘロヘロッと走るドライバーでも、この区間で抜いてタイムとポジションをあげることができますから……」
　といったので、カチンときた平が、
「うちのチームのエンジンは大日本自動車のものですけど、私の走りも同じような

ものだと思いますか？」
　と尋ねた。キドナーは自分のいったことの意味に気がついて、
「フリー・プラクティスと予選は明後日でしたね。あなたがこれまでの日本人ドライバーとは違うところを見せてくださいよ」
　と逃げた。
　平は一番左の車線を走っていた。
「今日は常に一番左を走ってください。前にもいったように、1ヵ所だけ右の車線を走る区間がありますが、そこは憶えやすいです」
「わかりました」
「ここがパレス・ホテルです。右側の建物です。昨晩の歓迎パーティーをおこなったところです。土曜日の予選走行が終わったら、ここで予選結果の発表会を兼ねた夕食のパーティーを開催することになっています」
　気象庁前を左にゆるやかなカーブを描いて抜けていった時、キドナーが、
「ここがウエザー・オフィスですね」
　と、気象庁の建物のアンテナをみて納得の表情で、さらに、
「次の交差点がワン・ブリッジ……」
「そうです。ワン・ブリッジ」
　答えながら平が稲荷を進めた。
　竹橋の交差点で赤信号のために停まると、
「ここ、バンブー・ブリッジからが特別な区間です。この交差点をすぎたら、レースの時は中央分離帯の反対側、つまり右側を走ります。そして、今は中央分離帯より左を走りますが、2つある車線のうち右側に寄ります」
「昨日ワゴンで走って見せていただいたように、高速道路の入口があるからと、その脇が狭いからですね」
　キドナーはよく憶えていた。
　信号が緑の矢印になって、直進する平たちの車線のクルマが動きだした。平は交差点をすぎると右のフラッシャーをだして、車線を右に移した。スピードをゆるめて右カーブをゆっくり抜けると、目の前に首都高速道路の入口が見えた。
「ここがノース・サークル。左側の車線はここに入るためのものですね。わかりました。そして、右側の車線のクルマが狭いところを抜けるので、それを避けるために、レースの時は反対側の車線を使う……」
「そのとおり！」
「よくわかりました」
　高速道路とお掘をみながら千鳥ヶ淵交差点をめざして、ゆるい下り坂を抑えたスピードで走る。
「このあたりは、桜の花がきれいでしょう。桜は日本人にとって特別な花なのです。

この季節になると、花見といって桜の花を観るために、わざわざ出かけてパーティーを開きます。他の花ではそういうことをしません。もう少したつと、花びらが散って路面を覆うので、滑りやすくなるとは思いますが、もう 80 パーセントの咲き具合ですから、レース当日はかなり花びらが落ちると思います」

平が両側の桜の樹を示していった。

「ここのサウザンド・バードを左に曲がると、すぐに右側に英国大使館が見えて、その向こうが私たちの泊まっているダイヤモンド・ホテルですね」

キドナーはコースを憶えることに専念しており、桜についての説明は馬耳東風と受け流しているようであった。

「だんだん憶えてきましたね」

「レースに使う部分だけです」

「それでじゅうぶんです。ツーリストとして動くときには、私たちがごいっしょしますから」

「ありがとうございます。残念ながら、今回はぎりぎりの日程なので、観光ができません」

キドナーは大使館の前を走りながら、

「イギリス大使館に寄るにはどう走ったらよいですか？」

と尋ねた。

「あとで、ダービー・レーシング・チームの人たちといっしょに、顔をだしておきたいと思います。ＲＡＣからそういわれていますので」

ＲＡＣというのがロイヤル・オートモビル・クラブの頭文字で、日本のＪＡＦに相当する組織であることは、平も知っていた。

「昨日、ホテルに戻った時のルートを憶えていますか？」

「さっきのサウザンド・バードを左に曲がらずにまっすぐいったと記憶していますが、それからは憶えていません」

「それでは、もう１周して、その時にそういう道順で走ってみましょう」

「お願いします」

すでにコースを１周して、半蔵門の交差点を抜けようとしていた。

それから先を走っているあいだ、キドナーは黙って道路を見ていた。クルマから見える風景とコース図とを、頭のなかで重ねあわせる作業をしているのであった。

キドナーが前の景色をよく見られるようにと、平は前のクルマとできるだけ離れて、しかも割りこまれないような走りをつづけた。

二重橋前広場には、桜レーシング・チームのワゴンが駐まっていた。成田に出迎えたときに主催者が用意した『Luton Racing Team 』というボードが、クルマの屋根に掲げられていた。

キドナーが手を振った。

平はキドナーの思考を妨げないようにと、話しかけずに黙ってクルマを走らせた。そして、北の丸をすぎると、千鳥ヶ淵の交差点の手前で右寄りの車線にはいった。

「イギリス大使館へいく道順は、ホテルに戻るのと同じです。ここをまっすぐ行って……」

左側の車線のクルマが動きだした。しばらくすると正面の信号が緑になり、直進車線のクルマも動けるようになった。右曲がりは終日禁止である。

「ここをまっすぐいって、最初の交差点を左に曲がります。英国大使館の裏を走って……」

抑えたスピードで細い道路を走りながら、平が説明した。

「これが私たちの泊まっているダイヤモンド・ホテルです。大通りにでたら、左に曲がると、すぐ目の前がニンジャ交差点です。ここも左に曲がります。さ、イギリス大使館の前です」

大使館の正門の前を通りすぎて、千鳥ヶ淵の交差点の手前で、平は左にフラッシャーをだした。そして、交差点をゆっくり曲がり、

「大使館から出たら、同じようにここまできますが、こんどは最初のコーナーを曲がらずに、2番目の交差点を曲がってください。これがホテルです。遠回りするのは、ニンジャ交差点で右に曲がるので、道路が渋滞している時に、距離がある方が右寄りの車線に楽にはいれるからです」

「よくわかりました。ありがとう」

「あなたは私がいなくても運転できますね？」

「できると思います。ですが、もし嫌でなかったら、念のため、もう1周だけパッセンジャー・シートで私の運転をみてくれますか？」

「いいですよ」

半蔵門交差点を右に曲がりながら、平が答えた。

3

二重橋前広場で、平とキドナーが運転を交替したときに、キドナーがウィルソンと話をした。

「お待たせしました。さ、行きましょう」

キドナーはベルトを締めるとエンジンをかけた。そして、ギアをローにいれてエンジンの回転を少しだけあげ、クラッチをつないだ。

ウォーン

抑えた排気音を残して、稲荷がスタートした。キドナーはみごとな操作でギアを次々とシフトアップして、第4速にはいると、

「ウィルソンさんに、ダービー・レーシング・チームのヒューストンさんと相談して、大使館の担当者に電話するように頼みました。大使館は忙しいですから。うま

く時間がとれるようなら、ダービーの人たちといっしょに顔をだすつもりです」

「うまく時間をとってもらえるといいですね」

いいながら、平はキドナーの運転を観察した。仲よくなってはいるが、ライバルであり、少しでも手の内を読んでおこうというつもりであった。

「楽しいクルマですね。イギリスの軽量スポーツカーの操縦性と、イタリア車のホットな楽しさと、両方のよいところがうまくミックスされたクルマという感じです」

運転しなくなったので、気をつけて周囲を眺めていると、後部にステッカーを貼った鮮やかな赤いアルファ・ロメオが走っていた。

〈なるほど。左ハンドル右側通行のヨーロッパ大陸からきたドライバーのために、左ハンドルのマニュアル・シフト車を用意するとなると、こういうことになるのか……〉

平は納得した。

日本のメーカーもアメリカで生産した左ハンドル車を逆輸入してはいたが、いずれも排気量が大きく、しかも自動変速機仕様であった。日本を走っている左ハンドルのマニュアル・シフト車となると、選択の範囲がひじょうに限られてしまう。

アルファ・ロメオには手動変速機仕様があった。フィアット・オートではＰＲの一環として、ヨーロッパ大陸のドライバーたちがレース・コースを憶えるための足として、アルファ・ロメオを提供していた。東京とその近郊の販売店から試乗車と中古車を集めてきたものである。

このアルファ・ロメオはイタリアでも憧れのクルマである。もちろんフェラーリやマセラティもあるが、手の届く範囲にある憧れのクルマである。

〈なるほど、イギリス人には稲荷でちょうどいいのだ〉

アルファ・ロメオに３人が乗っているのを窓越しにみて、平は納得した。

右ハンドルのクルマでレースをするのはイギリス人なので、日本のドライバーが通訳なしでなんとか話ができた。コースを見るために乗るクルマは、２座席のものでよかった。

それにひきかえ、左ハンドルのクルマでレースをするヨーロッパ大陸のチームの人たちが日本人ドライバーと話をするためには、通訳が必要なことが多く、最低でも３人は乗れる必要があった。

キドナーは前を走るアルファ・ロメオがレース仲間のものだと気がついたらしく、ゆっくり走っているそのクルマを追い越そうとはせず、少し間をあけて後ろについて走っていた。

〈みごとな運転だ……〉

平はキドナーの運転を、そう評価した。安心して乗っていられる運転であった。不必要にエンジンの回転をあげることはせず、しかも必要なときにはすばやいシフトダウンでエンジンの回転を高めてエンジンのレスポンスのよい回転域を使い、キビキビした走りをしていた。

竹橋の交差点をすぎると、キドナーがフラッシャーをだしてムリなく右車線に移った。

〈大丈夫だ。道路もちゃんと憶えている〉

平は安心した。

キドナーは余裕のあるスピードでカーブを廻り、極端にスピードをおとして首都高速道路の入口のわきを抜けた。彼はそのままセンターライン寄りを走り続け、

「大使館の前を走ってみます」

と平にいった。

「それはよい考えです。そうしておけば安心です」

平がいった。

前を走る黄色いアルファ・ロメオは左側に寄って、内堀通りを左に曲がる準備をしていた。そのアルファ・ロメオにどのチームが乗っているのかは、後ろ姿なのでわからなかった。

キドナーは前に平が走ったとおりのコースをとって、英国大使館の門の前を通り、再び千鳥ヶ淵の交差点を左に曲がると、間違わずに２つ目の交差点までいって、左に曲がった。彼が半蔵門の交差点で右折車線の左端に並んだので、平が、

「おみごと。もう私が心配することはないです」

「私にはよい先生がいましたから」

キドナーがいって、平をみて微笑んだ。

「それじゃ、二重橋までいったら、私が降りて、ウィルソンさんを乗せて走ってください。そうすれば、ウィルソンさんもコースを理解して、明日のセッティングのときに参考にするデータが得られるでしょう」

「はい、そういたします」

キドナーが稲荷をスタートさせた。彼はおとなしい運転でレース・コースを走りつづけ、祝田橋の交差点を曲がると、左にフラッシャーをだして、広場にはいった。

4

二重橋前広場に稲荷をいれると、キドナーは桜レーシング・チームのワゴンを捜しながらゆっくり走った。

途中で出会った赤いアルファ・ロメオの運転席に、スクデリーア・ロンバルディアのマリノーニ監督の姿を認めたキドナーは、その脇にクルマを停めた。後ろの席に通訳の皆松真奈美が乗っていた。

「ハーイ、シニョール・マリノーニ。昨晩の首尾はどうだった？」

キドナーが言うと、皆松がキドナーに気がついた。マリノーニはキドナーに対して、

「前夜のことと、財布の中身については、聞かないのが紳士ですぞ」
と応じた。
「それも一理。今夜もお出かけ？」
「もちろん。元気百倍。ジェット・ラグなんてどこかに吹っ飛んでしまいます。あなたもいっしょに、どう？」
「タフですねえ。私は遠慮しますよ。それじゃ、また」
キドナーが稲荷をスタートさせた。
「タフですね、マリノーニさんは。150キロのスプリント・レースだからいいですけど、長距離レースだったらとてもかないません」
と、苦笑しながらいった。

桜レーシング・チームのワゴンは、窓を開け放って駐めてあった。キドナーがその近くに稲荷を駐めて、エンジンをとめた。
キドナーと平が稲荷から降りた。
「ありがとう、ライター」
キドナーが平に握手を求めた。
「役に立ってよかった。あんたがレースでボクの強敵になるな、ジャン - スコット。いいレースをしたいね」
平が答えた。
「どう？　道路を憶えた？」
ワゴンのなかで待っていたウィルソンが尋ねた。
「ばっちり。いい先生がついていたし、それに、大使館にクルマでいく道順も教えてもらった」
「そいつは上出来」
「ところで、大使館のほうは？」
「大使は忙しいらしいけど、11時半から20分だけ時間をとってくれた。どこかで昼食会があるらしくて、11時50分にはクルマで大使館をでなければならないって」
「こんな服装でいいのかなあ」
「かまわないよ。今日は走るのが仕事なんだから。レーシング・スーツこそ着ていないけど……」
「それじゃ、11時25分に大使館にいって、45分には帰ろう。そうすれば、大使が次の会合に遅れる心配が少しでも減る……」
キドナーがそういって、
「さあ、ひと廻りいっしょにいこう」
と、ウィルソンを促した。

「それじゃ、いこうか」
ウィルソンが帽子をかぶってワゴンから降りた。平が、
「携帯電話機は持ってますね。チームのメンバーの番号はわかりますね？」
「それじゃ、いってきます」
携帯電話機を確かめたウィルソンが稲荷のドアを開けた。キドナーが運転席に乗りこんで、シートベルトを締めた。
「いってきます」
「グッド・ドライブ！」
グォン
エンジンがかかった。稲荷が静かにスタートした。

5

キドナーとウィルソンが乗った稲荷が走りだしてすぐに、ハンドレーと土佐の乗った稲荷がやってきた。
「それじゃ、私もコースをみてきます」
ワゴンのなかで待っていたメカニックのウォートンが、開け放ったままのドアから降りた。
稲荷がワゴンの脇に停まると、土佐がベルトをはずした。
「道路は憶えましたね？」
「ありがとう。あなたのおかげで、すっかり憶えることができました」
「それじゃ、安心」
土佐は大柄なウォートンが座りやすいようにシートを一番後ろまでさげてから降りた。
「レスリー、シート・スライドの調節はここです。シート・バックはここ」
「ありがとう」
説明を受けたウォートンが助手席に乗りこんだ。車体がぐっと沈んだように感じられた。
「レスリー、大使館へいくスケジュールはしっかり憶えていますね？」
城井が念を押した。
「はい、いったんここに戻って、ダービー・レーシング・チームの人たちといっしょにいきます」
「グッド・ドライブ」
「バーイ」
ハンドレーが陽気に挨拶して、玉砂利をはねないようにゆっくりスタートした。
桜レーシング・チームのメンバーは、稲荷が見えなくなるまで見送った。
「これから暇で退屈だな」

ワゴンに戻りながら、岸がいった。

「まあ、いいじゃないか。ここにチームのワゴンが駐まっていて、ボクたちがいる。それだけでルートンの人たちが安心して走れるのだから」

「うん、外国のレース仲間の役に立つというのは、いい気持だな。それに、レース前にこんなにのんびりするというのも、なかなかない経験だし……」

向かい合わせにシートをアレンジしたワゴンにはいると、城井が、

「そうそう、ウィルソンさんが、ボクゾールのことを知っておいてくれと、会社の概要を書いた薄い本を置いていったよ」

と、身体をひねって運転席からカラー印刷のパンフレットをとった。

「ボクゾールって、ヨーロッパではツーリングカー・レースにでているけど、日本には輸入されていないよね？」

「そう。こういうケースが一番困るんだ。どう発音するのか、読み方がむずかしくて、雑誌や書く人によって表記がまちまちで、ボクゾール、ボグゾール、ボクスホールなど、いろいろあって、日本でのカタカナ表記はいったいどれが正しいのだろうね？」

「ずいぶん昔にヤナセが輸入したことがあるって聞いたことがあるけど」

城井がいった。

「そうなの。知らなかった」

「ジャーナリストのダンカン神田さんに昨日のパーティーで聞いたことの受け売りだよ」

「へえ、神田さんてそんなことまで調べているのか。ふつうのジャーナリストはそこまで調べないで、適当に書いているようだけど」

「それで、ヤナセはボクゾールという表記で販売していたんだって」

「それでうちのチームはボクゾールという表記を使っているんだね」

「そう。総代理店は資本を投下してリスクを負って販売しているんだ。その総代理店がそういうカタカナ表記に決めたら、日本ではそういう名前で売るということで、なんのリスクも負っていないジャーナリストが、別の表記を使う必然性はまったくないと思う、ダンカン神田さんはそういっていたよ」

「そうだね。で、今はボクゾールが輸入されていなくて、ツーリングカー・レースに出場しているから、モータースポーツ・ジャーナリストたちが、表記に困っているのか……」

「そのあたりをきちんと調べる人が、日本にはいないようだね。前に輸入されたことがあるかどうかを調べればよいのだけど、そういう方法があることさえ知らないで、適当に書いてしまう。そんな細かいこと、どうだっていいじゃないかって……」

「そう。調べてもわからない場合もあるし、手間がかかるから……」

「調べるなんて、割りの合わないことをするのは、ダサイんだよね、現在は」
「なかにはね、意識的に違えて書く人もいるんだよ」
「輸入総代理店の表記を使わないで、わざと別の表記にするって、なにかメリットがあるの？」
「例えば、メルセデス・ベンツ日本が輸入しているメルセデス・ベンツというクルマ。あれをメルツェデスと書いている人がいるだろう」
「うん……」
「ドイツ語を勉強しはじめた学生さんあたりが、Mercedesだからドイツではメルツェデスと呼ばれているはずだ、メルセデスと書かずにメルツェデスと書いている先生は、ドイツ語までできる偉いセンセイだと錯覚するわけなんだ」
「違うの？」
「あれはね、歴史的にスペイン系の名前なんだ」
「スペイン系……？」
「十九世紀の終わりから二十世紀の初めにかけて、ダイムラー・カンパニーがダイムラー・カーを生産して販売していたんだ。フランスでダイムラー車の総代理店をしていたのが、エミール・イェリネックという人だ。ドイツ人はイェリネックと呼び、フランス人はジェリネックと呼んでいたらしいけど……」
「それで……？」
「1870年頃に、普仏戦争（ふふつせんそう）があったのは知っていると思うけど、あれでドイツが勝ってフランスが負けた。フランスにはドイツに対する怨念（おんねん）がある。アルザス地方がドイツ領になってしまったし。これはわかるだろう？」
「そんなところまで関係してくるの？」
「フランスでダイムラーのクルマを売るのに、ドイツ的な名前では売りにくいというのはわかるだろう。ドイツ兵にいやな思いをさせられた記憶がある人もいるだろうし。それに、フランスには、世界の中心が花の都パリであり、フランスであるというプライドがある」
「よく聞くよね、フランス人のプライドについては」
「それで、イェリネックは自分が販売するダイムラーのクルマに、ドイツ的でない名前をつけることにしたんだ。その名前を、彼の娘のメルセデスちゃんからとったんだ。けっしてメルツェデスちゃんではない」
「そうだったのかぁ」
「そればかりじゃない」
「え、まだあるの？」
「イェリネックはスペインが好きだったようだ。そして娘たちにスペイン系の名前をつけたんだ。メルセデスというのは、じつはスペイン系の名前だそうだ」
「なるほどね」

「ボクゾールのカタカナ表記から、話が飛んでしまったけど、さあ、ボクゾールの歴史を読んでみよう。辞書なしで読むのはたいへんだけど、時間を持て余しているのだから、暇つぶしにはちょうどいいだろう」
城井がそういって、薄い本を拡げた。

6

『ボクゾールは……』
ウィルソンがもってきてくれた本には、ボクゾール社の歴史がかんたんに書いてあった。しかし、英和辞典を使わずにこういう本を読むのはたいへんであった。整備や改造について書いてある英語の資料を読むことがあったので、機械の部分ならかなり読める自信があったが、文化的な側面を書いている部分は、辞書がないとよくわからなかった。
「これはボクの手に負える代物ではない。お手上げだ」
少し読んだだけで、城井が白旗をかかげた。
それでも、暇にまかせて皆で眺めていると、ボクゾール社が自動車の分野で1903年からの歴史のある会社であり、1925年10月にGMの傘下にはいったことがわかった。マークはグリフィンである。グリフォンともいう。
「グリフィンて日本の鵺(ぬえ)のようなものだよね。何と何の組み合わせだったっけ?」
「ライオンの身体に鷲の頭をつけて、翼をはやしたものじゃなかったかな?」
「それでプジョーのマークに似ているんだね。プジョーはライオンだけで……」
「ヨーロッパのメーカーって、歴史と伝統があるところが多いのだなあ」
「ま、こればっかりはどうしようもないことさ。モータースポーツにしたって、パリ〜ルアンの1894年からとすれば、それから70年たって、ホンダがグランプリ・レースに参加したわけだし……。むしろ、これからどうやって世界に貢献していくか、それが問題だと思うんだ。クルマにしろレースにしろ……」
「その意味で、今回のように、遠来の仲間と仲よくなれるのは、貴重な機会なんだね」
「うん、こういう機会があると、おれ、おまえの間柄で話ができるようになって、いろいろなことがスムーズに運ぶようになると思うんだ」
「じゃ、八田さんなんか、国際交流の最先端をいっているわけだな」
「八田さんて、ジャーナリストの八田美津夫さん?」
「うん……」
「どうかしたの?」
「さっきここに入ってすぐに、キドナーさんがスクデリーア・ロンバルディアのマリノーニ監督に声をかけたんだ。それで彼にきいたら、八田さんがマリノーニ監督を吉原に案内したらしいんだ」
「八田さんらしいな」

「マリノーニ監督がその方面にお盛んなことは、ヨーロッパのレース仲間うちでは有名なんだって」
「ますますもって国際親善。マリノーニさんのチームが大きくなったときに、八田さんがいけばかなりの情報をもらってこられるな」
　話をしていると、ワゴンの脇に稲荷が停まった。キドナーが運転して、ウィルソンが脇に乗っていた。続いてハンドレーとウォートンの稲荷も到着した。城井たちがワゴンから降りた。
「どう、道路を憶えましたか？」
「ええ、かなり憶えました。ダービー・レーシング・チームの人がきたら、これから揃って大使館に挨拶にいってきます」
「終わりは11時45分といいましたね？」
「はい、そうです」
「それじゃ、大使館を出たら、そのままホテルにいってください。昼食をホテルでとりましょう。私たちもホテルにいきますから。大使館からホテルまでの道順とホテルの駐車場はわかるでしょう？」
「はい、わかります」
「じゃ、大使館を出るときに、電話してください。電話をもらったら、こちらも出発しますから」
「了解しました」
　ウィルソンが携帯電話機を示して答えた。
　稲荷が２台ゆっくりやってきた。
「ハーイ、アレックス」
　ダービー・レーシング・チームのヒューストンが声をかけた。
「そろそろ行こうか……」
「そうだね。遅れないように早めに出発しよう」
　ウィルソンが答えた。
「それじゃ、先にスタートして……」
「ＯＫ」
　ウィルソンがいって、城井たちに、
「それでは大使館に挨拶にいってきます」
「いってらっしゃい。終わったら私たちに電話して、直接ホテルにいってて」
「承知しました」
　キドナーがギアをいれて、稲荷が静かにスタートした。ハンドレーの稲荷がそれにつづき、その後からダービー・レーシング・チームの２台の稲荷がつづいた。
　それを見送って、城井が、
「ちょっと他のチームのワゴンをみてくる」

といって歩きだした。

平が電話機を確かめてワゴンに乗りこんだ。

7

城井が主催者の本部のワゴンまで歩いていくと、その近くに大江戸自動車とアルファ・ロメオのサービスカーが駐めてあった。

「やあ、お世話になります」

大江戸自動車の帽子をかぶった藤村啓がにこやかな笑顔で城井に挨拶した。

「こちらこそ、お世話になります。稲荷を提供していただいたおかげで、私たちがクルマを手配しなくてもすみ、助かりました」

城井がお礼をいって、

「ルートン・レーシング・チームの人たちが、稲荷のことすっかり気に入っています」

「それはよかった。イギリスにはない排気量のクルマなので、どういう評価をされるか、少しばかり心配でした」

「今、４台ともイギリス大使館にいっています。大使の激励を受けるとかで……」

「そうですか。しばらくこの前を走らないので、じつは心配していたのです」

「すみません。ご連絡すればよかったのですが、うっかりしておりまして」

「いえいえ、無事だとわかれば、安心です」

藤村は笑顔をたやさなかった。

桜レーシング・チームのメンバーは、ワゴンのなかで居眠りをしていた。

いつもだとレース前の木曜日は、マシーンの整備が間に合わずに、あたふたしているのが常であったので、今回のように時間を持て余している状態には慣れていなかった。

ルルル……

シートの上に置いた携帯電話機が鳴った。

平が目をあけて、電話機に手をのばした。

「さ、英語の電話だ……」

彼は覚悟をきめたという表情で、スイッチをいれて、耳にあてた。

「ハロー」

「ハロー、サクラ・レーシング・チーム」

「ルートン・レーシング・チームのウィルソンです。これから大使館をでて、ホテルにいきます」

「直接ホテルへいってください」

「ＯＫ、私たちはホテルにいきます」

「私たちもホテルにいきます」

「ホテルで会いましょう」
「ＯＫ、ホテルで……。バーイ」
「バーイ」
　通話を終えてスイッチをきると、平は汗をかいていた。
「わー、すごい。平さんは電話でも英語が通じるんだね。すごいなあ」
　土佐が感心していた。
「話が決まっていて、確認だけだったからね。向こうが喋ってくれるんだ。こちらはその通りいえばいいのだから。それに相手が仲よしになったルートンのメンバーだから、楽なもんだよ」
　言いながら、平は、自分の英語が電話でも通じたことに満足していた。
「それじゃ、城井さんを呼んでくる」
　岸がいって、ワゴンを降りたが、
「そうだ、携帯で呼べばいいんだね。通話料を気にしないで使える携帯があったんだ」
　と言って、携帯電話で城井を呼び出した。
「城井さん。岸です。ホテルに帰りますから、ワゴンまで戻ってください」
「了解。すぐに戻ります」
　城井の答があった。
「ホテルまでボクが運転しよう」
　土佐がいって開けたままのスライドドアから降りて、クルマの前を廻って運転席へと移った。
「じゃ、きたらすぐ出られるように、シートをなおしておこう」
　小津がいって後ろ向きになっていた中央のシートのロックに手をかけた。平が後ろのシートに移って、床から足をあげた。小津が中央のシートを回転させて正面を向けた。
　城井がすぐに戻ってきて、その姿を見た土佐がワゴンのエンジンをかけた。城井が乗ってスライド・ドアを閉めると、土佐がワゴンをスタートさせた。
　大通りにでてクルマの流れに乗ってレース・コースを走り、千鳥ヶ淵交差点を直進してダイヤモンド・ホテルへいくのに、それほど時間はかからなかった。
　ホテルの駐車場には、稲荷が駐まっていた。
「さあ、昼食だ」
　城井が元気よくいって、スライド・ドアを開けた。

8

「コースをあと何周くらいしたいですか？」
　ホテルのレストランでヨーロッパ風の昼食をとりながら、城井がキドナーとハンドレーに尋ねた。
「そうですね、あと２周か３周走れれば、それでじゅうぶんです。路面の滑り具合を感じるのに、ウィルソンさんとウォートンさんが運転して１周か２周する必要があると思いますが……」
「そう、あと２周も走ればじゅうぶんです」
２人のドライバーが答えた。
「それじゃ、2時にはホテルに戻れますね。それから6時まで、どうしましょうか？それぞれの部屋で休みますか、それとも都内の見物にいきますか？」
城井が尋ねた。
「今日の夕食パーティーは、このホテルで開催でしたね？」
ウィルソンが尋ねた。
「そうです。ですから、６時５分前に部屋をでればじゅうぶん間に合います」
「帰ってからシャワーを浴びるとして、２時間半で見られるところ、どこかありますか？」
いわれて城井は困った。観光案内のことまで考えていなかったし、相手がどのような所へいきたいのか、まったく見当がつかなかった。
「このホテルは、すぐ下に地下鉄の駅があります。交通は便利です。もちろん、私たちがいっしょにいきますから、乗換えのことはご心配なく。２時間半あれば、東京の都心ならじゅうぶん見物できます。どこか、ご希望のところがありますか？」
城井が逆に問い返してみると、ウィルソンが、
「ギンザとアサクサの２つはムリでしょうか？」
「いや、そんなことはありません」
「私もいっしょに連れていってください」
「私も……」
「それでは、食事が終わったらまたコースを走って、いったんホテルまで戻って、それから地下鉄で移動しましょう。東京の中を移動するのは、地下鉄が便利です」
「それでは、食事が終わったら、ちょっと部屋にいって、見物にいく支度をしてきます」
ウィルソンの言葉に、ルートン・レーシング・チームの他の３人がうなずいた。

第3章　富士スピードウェイ

1

4月6日（金曜日）。

サーキットでマシーンのセッティングを確認する日である。

桜レーシング・チームのメンバーは、ルートン・レーシング・チームのメンバーとともに、朝6時にダイヤモンド・ホテルを出発した。

行き先は富士スピードウェイの近くにあるガレージである。このガレージには、桜レーシング・チームのマシーンが2台、完全整備の状態で保管されていた。そして、ルートン・レーシング・チームの2台のマシーンも、運送業者の手によって、成田空港から運びこまれていた。まだ梱包はとかれていない。

ワゴンと乗用車に分乗した2つのチームのメンバー9人は、通勤ラッシュで道路が混まないうちに東京を抜けて、東名自動車道路を一路西へ向かった。

「どこまでいっても道路ぞいに住宅が並んでいるんですね！」

ウィルソンが驚いた表情でいった。

「ええ、東京や大阪など、都市が大きすぎるのが問題なのです」

城井がいった。家屋が地面をこれほどべったりと覆っているところは、世界中の都市をみても他にない。

幸いなことに事故による高速道路の渋滞もなく、ワゴンと乗用車は順調に御殿場インターに向かって走りつづけることができた。

「今日は出場するチームがすべてここで走るの？」

キドナーが尋ねた。

「いえ、いっしょに行動するチームのガレージが、筑波サーキットの近くにある場合には筑波で走るんだ。ボクたちは富士スピードウェイに向かっている。太陽の位置からわかると思うけど、富士スピードウェイは東京の西のほうにある。そして筑波サーキットは、東京から北東の方角にある。筑波の方が東京からの距離がいくぶん近い」

「サーキットの特徴は？」

「富士の方が大きく。筑波は小さい」

「昨日のコースを走るセッティングを決めるには、富士と筑波とどちらのサーキットが有利なの？」

「さあ、わからない。とにかく昨日走ったコースを、レース・スピードで走ったことがないのだから」

運転しながら、平が答えた。

前方に富士山が見えてきた。

「あれが富士山だ。昔は東京からも見えたそうだけど、今では東京から見えるのは1年に数日だけになっている」

「端正な美しい山だね」

ルートン・レーシング・チームのメンバーが感嘆の声をあげた。

「富士スピードウェイにいけば、ずっと大きく見えます。ただ、今日は西から天気が悪くなるという予報なので、正午頃には雲に隠れることが考えられます。雨が降らないうちにマシーンのセッティングを決めてください」

城井がいうと、ウィルソンが、

「正午から雨ですか？」

「雨になるのは昼すぎです。夕方からの可能性もあります。雨の区域は夜のうちに東京を通りすぎて、明日の朝の東京は晴れだそうです」

話をしているあいだに、御殿場インターチェンジについた。

「割と早くつきましたね」

「朝でまだ道路が混んでないからです。ビジネス・アワーになると、東京を抜けるのに時間がかかります。逆に東京に入るのはもっと時間がかかります。これは成田空港からホテルにいくのに、すでに経験したとおりです」

「なるほど……。東京から富士スピードウェイにいくのは、ロンドンからシルヴァーストーンにいくよりも時間がかかるのですね」

「たぶんそうでしょう」

インターチェンジを降りて、富士スピードウェイへ向かいながら、

「さて、どこかで朝食をとりましょう。この時間ではスピードウェイのレストランが開いていないでしょうから」

「はい、朝食にしましょう」

ウィルソンの返事をきいて、城井が携帯電話機を取りだし、前をいく乗用車を呼びだした。

「小津さん、朝食にしよう。ブレックファスト。この先の左側のレストランが、朝食の時間に開いていたと思うが……」

「了解。朝食のため、レストランに入ります」

小津の元気のよい声が返ってきた。

2

桜レーシング・チームとルートン・レーシング・チームのメンバーは、朝食を終えると再び乗用車とワゴンに分乗してガレージへと走った。

「クルマはガレージに着いているのですね？」
　ウィルソンが尋ねた。
「はい、あなた方が成田に着いた前の日に、運送業者が運んできました。梱包は開けていません。そのままガレージにいれてあります」
　城井はそう答えてから、
「セッティングはすんでいるのでしょう？」
　と尋ねた。
「ええ、すんでいます。ギア比は計算で決めました。現場でできることといったら、せいぜいファイナルのギア比を変えることくらいでしょう。足のセッティングが輸送中に狂ってなければいいですけど……」
　ウィルソンはそれが心配のようであった。
「富士スピードウェイとレース・コースの一般道路では、舗装面の摩擦係数が違うから、グリップのよすぎるここの路面に合わせると、かえって走りにくくなることが予想される。初めてのことなので、データがなくて困っているんだ」
　メカニックの岸がいうと、ウィルソンが、
「じゃ、私たちにもハンディキャップが少ないわけですね」
「そのとおり。ただ、私たちはあの道路をよく知っていた。それだけの差です。そして、あなた方が昨日じゅうぶん走ったので、その差がほとんどなくなりました」
「やる気がおきてきました。着実な整備をすれば、あとはドライバーたちがやってくれますから、優勝も夢ではないです」
「私たち桜レーシング・チームという強敵がいることをお忘れなく」
「そうでしたね。いや、つい同じチームのような気がして、あなた方がライバルだということを忘れていました」
「マイク・ホーソーンとピーター・コリンズがそんな関係だったらしいですね」
「ええ、私が生まれた時は、あの２人はもうこの世にいませんでしたが、２人が走ったのをじっさいに見た人に話をきいたり、本で読んだりすると、サーキットではライバルであっても、仲のよい友人であったようです。コース上でもじゃれあうように接戦を楽しんでいたようです」
　ウィルソンは自分が経験していない時代を懐かしむようにいった。
　土佐が運転する乗用車が、ガレージの門を入った。ワゴンがそれに続く。
　クルマを駐めてエンジンをきると、ルートン・レーシング・チームのメンバーが待ちかねたようにクルマから降りた。
「こちらです、どうぞ」
　城井がガレージに案内した。バッグからだしたキーでロックをはずし、シャッターを開けると、ガレージのなかにがっしりした木の枠組が２つ置いてあった。枠組のなかに背の低い２座席スポーツ・レーシングカーがおさまっている。

〈お、凄い……！〉

チーム・オーナーの城井とメカニックたちは、すでにこのマシーンを見ていたが、初めてみる平と土佐は、枠越しにみるその精悍（せいかん）なスタイルに目を見張った。

「まず着替えます」

ウィルソンがいって、全員がワゴンから着替えのはいったバッグをとってきた。

ガレージのなかで着替えおわると、バッグをワゴンに戻し、ウィルソンが尋ねた。

「あなた方のマシーンはどこにありますか？」

「隣りにあります。どうぞ」

城井がいい、岸が隣りの作業場のシャッターを開けた。そこに桜レーシング・チームの２座席スポーツ・レーシングカーが２台並んでいた。

白っぽいボディーに淡いピンクで桜の花びらの模様が無数に描かれていた。ピンクのカッティング・シートをハート形に切り抜いてボディーに貼ったものである。

ボンネットのうえの赤いストライプが、ドライバー側に寄せられているのが、平が運転する１号車、ストライプがパッセンジャー・シート側に寄せられているのが、土佐が運転する２号車である。

「私たちのこの２台は、いつでも走れる状態です。さあ、あなたたちのマシーンを枠組からだしましょう。お手伝いしますよ。あと、工具類は、ここにあるものを自由に使ってください」

「助かります。ガレージを使わせてもらえると聞いていたので、工具はコースで使う最低限しかもってきませんでした。工具をたくさんもってくると、重くなって運賃がかさみますから」

「そう、経費はなるべく安くあげて、そのぶん１回でも多くレースに出場するほうがいいよ」

ルートン・チームが使う作業場に戻りながら、岸がいった。

3

マシーンを枠組からだすと、城井が、

「枠組を駐車場に移しておくよ。スケジュール表に書いてあると思うけど、昼ごろに運送業者がここに枠組をとりにきて、日曜日の朝、ピット・エリアに届けてくれる手配になっている。レースが終わったら、燃料タンクのガソリンを抜いてマシーンを枠組におさめると、ボクたちが表彰式を兼ねたさよならパーティーに出席しているあいだに、ピット・エリアから運びだして、イギリスに送り返す手続きをおこなってくれるって」

と説明した。

皆で枠組を駐車場に運ぶと、駐車場に駐めてあるトラックを指さして、城井が、

「このトランスポーターには２台積めます。これで富士スピードウェイまでマシー

ンを運びます。東京へもこれで運びます。トランスポーターの運転は、私たちでやりますから、あなた方はレーシングカーの運転に専念してください」
「いや､何から何までお世話になってしまって､おかげでよいコンディションでレースができます」
ウィルソンが恐縮していた。
「マシーンの整備は、もし必要があれば、私たちがお手伝いいたします。遠慮なくいってください」
城井がウィルソンにいった。
「足まわりのセッティングを確認するための、測定機器を使わせてください」
「これと、これですね。自由に使ってください」
壁ぎわの棚に入っている測定機器を、岸がウィルソンに示した。
「圧縮空気のボンベはこれ。私たちは隣りで作業をしているから、わからなかったらいつでも声をかけてくれ」
作業場をでるまえに、小津がそういった。

岸と小津は桜スポーツのタイヤの空気圧をチェックした。
「ここで本気で走ると、タイヤが一発で減るだろうな」
岸が心配そうにいった。
「そんなに攻めないから、だいじょうぶだよ。足まわりのチェックをして、エンジンがちゃんと回ることを確認すれば、それでお終いだから」
平が微笑んでいった。
城井が、
「今日のスケジュールが夜までとってあるのは、皇居前広場にピットを設営するのが、観光バスがいなくなる夜の９時以降という制約があるためと、マシーンの調子が悪いチームのためだから、ルートン・チームのマシーンの調子がよければ、箱根でも案内しようか？」
「そうだね。雨にならないうちにテストを終えて、箱根観光をして、ボクたちがいつも使っている食堂で夕食をとって、それから東京に向かえば、道路の混みも少ないだろう」
岸がいった。
「インジェクションのコンピューターの防水は、しっかりやった？」
「がっちり。今夜は雨の降るところに駐めておくことになるから、とくに念入りにしておいた」
「それ、ルートン・チームにも伝えておいて」
「わかった」
岸が気軽に出ていった。

会うまえは、英語を喋らなければならないと緊張していた岸であったが、遠来のレース仲間ということですっかり仲よくなっており、片言の英語でも用件が伝わればいいと割り切って、臆することなく喋っていた。
「じゃ、エンジンをかけてみよう」
城井はそういってから、
「あ、いけない。ルートンにガソリンをあげなくちゃ。飛行機で運んできたから、ガソリンが抜いてあるはずだ」
「はいよ、すぐに届けるよ」
小津が20リッター入りの金属缶をもって、隣りの作業場へ届けにいった。
「これ、日本で使っている、市販の無鉛ハイオクタン・ガソリン、20リッター。10リッターずついれて、エンジンのテストに使ってくれ。テスト走行のガソリンは、富士スピードウェイのガソリン・スタンドで入れられる」
「ありがとう」
足まわりの点検をしていたウィルソンが、顔をあげてお礼をいった。
「サスペンションのセッティングは正しいままで着いた？」
「はい。チェックしたけど、輸送中に狂うことはなかったです」
「それはよかった」
小津はそういって、自分たちの作業場に戻った。作業場では、城井と岸がエンジン、変速機、デフのオイルをチェックしていた。
「ガソリンはどのくらい残っていた？」
「20リッターは入っているはず」
「じゃ、エンジンをかけてみよう」
城井の言葉に、レーシング・スーツに着替えた平と土佐が、それぞれのマシーンのコクピットに乗りこんだ。スポーツ・レーシングカーであるので、小さいながらもバッテリーを積んでおり、セルモーターもついている。
「はい、エンジンをかけて……」
ルル……グォン
まず、平のマシーンのエンジンがかかった。続いて土佐のマシーンのエンジンもかかった。
グォーン
回転をあげすぎないように注意して、平と土佐がアクセルの踏みを調節しながら、エンジンの鼓動を感じとった。
「ＯＫ」
平がいって、エンジンをとめた。土佐のエンジンもとまった。開け放ってあるとはいえ、作業場のなかで長時間の暖機運転はしたくなかった。調子よく回ることが確認できればそれでよいのである。

「ギアのリンケージは大丈夫だね？」
平が尋ねた。
「はい、チェックしているところ。ちょっと動かして……。はい、ＯＫ」
ゆるみをチェックした岸が答えた。
「ブレーキ・ペダルの感触は？」
「しっかりしてる」
ペダルを強く踏んで、平が答えた。
「それじゃ、トラックに積もう」
岸のことばに、平がコクピットから降りかけたが、
「あ、そのまま。乗ったままハンドルをもってて」
城井がいって、４人でマシーンを押して、作業場から駐車場へ移動させた。駐車場に駐めてあるトラックの後ろに、長い板が２枚わたしてあり、平がその手前でマシーンを停めると、岸がトラックの荷台に取りつけてあるウインチからワイアを引っ張ってきた。その先端の輪になった部分を、ボディー前端のフックに引っかけると、彼は運転席に身体をいれて、切替えスイッチを操作した。
「ワイアを引いていいかい？」
「ＯＫ、お願いします」
平が答えた。荷台の脇にたった岸が、スイッチを操作した。
ウィーン
軽快な作動音とともに、平の乗るマシーンがゆるいスロープを登りだした。マシーンが荷台の上に載ると、平がしっかりブレーキをかけ、岸と小津がホイールをロープで固定した。これで輸送中にマシーンが落ちる心配がなくなった。それから岸がマシーンにかけたワイアをゆるめてはずした。
平がコクピットからトラックの荷台に降り、それから地面に降りた。
「さがって……」
岸がいい、他のメンバーがトラックの荷台にいないことを確かめて、別のスイッチをいれた。
ウィーン
マシーンを載せた台が上にあがりはじめた。台があがりきると、岸と小津が外側から支柱にロックボルトを差しこんだ。これで台が落ちる心配がなくなった。平のマシーンの下にもう１台のマシーンを積む新たなスペースができていた。
「さあ、次は土佐のマシーンだ」
城井がいって、皆が作業場に向かった。その時、エンジンのかかる音がした。ルートン・レーシング・チームのボクゾール・エンジンが始動したのであった。
「整備の確認が順調にいっているらしい」
土佐のマシーンをとりに自分たちの作業場に戻りながら、ルートン・レーシング・

チームの作業場を覗くと、ウィルソンがでてきて、
「ブレーキ・フルードを入れ替えたいのですが、どこかで売っていますでしょうか？」
と尋ねた。
「私たちが使っているものでよければ､封をきってない新品がいくらでもあります」
　城井が答えた。
「缶を見せてください」
「これです」
　城井が棚から缶をおろして見せた。ウィルソンは缶に書いてある文字を読んでいたが、
「これは使ったことがあります。これを２台分ゆずってください」
「いいですよ。でも、なぜブレーキ液を交換するのです？」
「私にもわかりません。飛行機で運んできたでしょう。気圧の低い高空を飛んできたので、どんな影響があるのかわかりませんので、念のためというやつです。エンジンなら少しくらいパワーがおちても、順位をおとすだけですけど、ブレーキの効きが悪くなると､ドライバーの生命にかかわりますから｡飛行機で運んだ後にブレーキ液を交換する必要があるのかどうか、こんどブレーキ液の会社の人に尋ねてみましょう」
　ウィルソンはそういって、封をきってない新しい缶を受け取った。

4

　２台のトランスポーターに４台のスポーツ・レーシングカーを積みこむと、２つのチームのメンバーは富士スピードウェイに向かった。
　富士スピードウェイはすぐ近くである。
　乗用車、２台のトランスポーター、ワゴンの順でゲートに着くと、
「ピットは７番と８番を使ってください」
　ゲートで係員がピットの番号を記入したカードを渡した。
「ありがとう」
　先導する城井がカードを受け取って､乗用車で走りだした｡彼はトランスポーターのことを考えて、抑えたスピードで通路を走り、ピット裏の駐車場に向かった。
　駐車場にはすでに５台のトランスポーターが駐まっていた。そして、手回しのよいことに､７番ピットと８番ピットの裏に『ルートン･レーシング･チーム』『桜レーシング・チーム』と書かれたボードが掲げられていた。
　城井がピットのすぐ裏に乗用車を駐め、土佐がその脇にワゴンを駐めた。２台のトランスポーターがピットの真後ろの少し離れた場所に駐まった。
　ウォン　ウォン

ツイン・マフラーで抑えた排気音が聞こえていた。すでに暖機をはじめたチームがあることがわかった。

「な、ここからだと富士山が大きく見えるだろう。雨にならないうちにセッティングをすませて、午後は向こうに見える箱根に観光に案内するよ」

城井がウィルソンにいった。

「楽しみです。ここではマシーンのセッティングを確認するだけだから、時間はそれほどかからないと思います」

ウィルソンが答えた。

「それでは、マシーンを降ろして、ガソリンを入れにいこう」

城井がガソリン・スタンドを指さしていった。

4台のマシーンを次々に降ろすと、4人のドライバーがコクピットに乗りこんだ。短距離でもベルトを締めるのは、ドライバーとしての習慣である。

グォン　グォン

エンジンがかかった。

「ガソリン代は、それぞれが払ってくれ」

城井がいうと、ウィルソンが、

「ガレージで20リッター借りています。その分の代金をここで払っておきたいと思います」

「平、わかる？」

城井が尋ねた。

「かんたん、かんたん。先にルートンのクルマを満タンにして、次に私たちのクルマに20リッターをいれる。そこまでの代金をルートンが支払う」

平が答えた。

「エクセレント！」

ウィルソンがいった。

「さあ、いこう」

平が先導して、4台のマシーンがピット裏をゆっくり走りだした。

それを見送って岸が、

「さあ、今のうちにピットの設営をしておこう。工具箱は小さいセットを2つもってきたから、1セットをルートンで使ってくれ」

「工具箱はどこにあるの？」

ウォートンが尋ねた。

「トランスポーターに積んである。運ぶのを手伝ってくれ、レスリー」

岸がウォートンをつれて、トランスポーターへと歩いていった。

5

トランスポーターから工具箱をピットに運んで、整備ができるようになった時に、ガソリンを入れにいった4台のスポーツ・レーシングカーがそろって戻ってきた。

サーキットに早く着いたチームは、すでにマシーンを走らせていた。ピットとグランド・スタンドの間の直線路を走るマシーンの排気音が、断続的に聞こえていた。しかし、その排気音はピットにおける会話を妨げるものではなかった。ツイン・マフラーによる消音効果が大きく、小さく抑えられた排気音だけを聞いていると、スポーツ・レーシングカーの排気音とは思えなかった。

4人のドライバーたち、桜レーシング・チームの平雷太と土佐雅人、ルートン・レーシング・チームのジャン-スコット・キドナーとヘンリー・ハンドレーが、マシーンをピットにいれてコクピットから降りた。

4人はワゴンにいって自分のバッグをもってくると身支度をはじめた。

靴を履き替え、フェイス・マスクをかぶり、ヘルメットをかぶると、それぞれ自分のマシーンのコクピットに乗りこみ、ベルトをつけた。フォーミュラカーと違ってコクピットの寸法に余裕があり、ドライバーが自分でベルトを締めることができる。

ベルトを締めおわると、ドライバーは手袋をつけた。その様子をみて、担当のメカニックがピット・ロードにでた。

グォン

静かにエンジンがかかった。

ドライバーはギアをローにいれて、ゆっくりピットの出入口までマシーンを進めた。メカニックがピット・ロードを睨(にら)んで、大きく手を振った。

グォーン

低く抑えた排気音を残して、まず平雷太が走りだした。続いて土佐雅人。それを見送ってから、ウィルソンとウォートンの指示で、ジャン-スコット・キドナーとヘンリー・ハンドレーが走りだした。

「駐車場の向こうの端からカーブが見えます。見にいくのだったら、携帯電話機を持っていってください。ルートンのマシーンがピットに入ったら呼びますから」

城井がウィルソンにいった。

「ありがとう。1周してこの前を通るのを見てからにします」

ウィルソンが携帯電話機を確認していった。

彼はバッグからオペラグラスとストップウォッチをだし、両方を首からさげた。

「ピット・フェンスに行ってみましょう」

城井がうながして、ウィルソンとウォートンがピット・ロードを横切って、フェンスにいった。

走っているクルマの台数はまだ少なかった。マシーンが途切れずに走っているのではなく、長い直線路にマシーンが1台も見えないこともあった。

チームの全員がピット・フェンスに出ていた。目の前を走るライバル・チームのマシーンを観察し、その排気音からマシーンの仕上がり状態を推測していた。

「来たっ！」

最終カーブを睨んでいた岸が叫んだ。ピンクの桜の花びらを散らした白いボディーに、赤いストライプがドライバー側にあるのが、平の運転する1号車である。

続いてパッセンジャー側に赤のストライプをつけた土佐のマシーンが姿を現した。ラインどりこそタイム・アタックの時と同じであるが、エンジンがまだ完全には暖まっていないので、スピードを抑えている……。

ウィーン　ウォーン

遅いスピードでピット前を走り抜けた2台の桜スポーツの後ろから、明るい緑色のマシーンが2台、続いて走ってきた。ルートン・レーシング・チームのマシーンである。

ウィーン　ウォーン

ボクゾールのエンジンも、まだ暖機走行中のために回転を抑えて走っており、冴えた排気音にはなっていない。

ウィルソンとウォートンがストップウォッチのボタンを押した。タイムを測って整備の参考にするためではなく、次にピット前を通過する時刻を予測するためにすぎない。

レースをおこなう皇居周回コースの内堀通りの路面と、レース専用サーキットの富士スピードウェイでは、路面の性格がまったく違っているので、ここ富士スピードウェイで限界の走行をしても、参考になることが少ない。両チームともそう判断していた。

このため、タイヤの消耗(しょうもう)のはげしい限界での走行をせずに、タイヤを減らさないように、カーブでのスピードを抑え、カーブの手前のブレーキングも余裕をもっておこない、加速する時もアクセルの踏みを少なめにすることになっていた。

ここでの走りは、エンジンに関しては高回転まできちんと回るかをみるためであり、シャシーに関しては高速でまっすぐ走ることを確認し、カーブでの挙動が安定しているかどうかを知るためであった。

6

平雷太はマシーンを感じながら走っていた。

彼は桜スポーツをすでにテストで走らせたことがあった。その時はマシーンを限界まで攻めて走った。タイヤが減るのもかまわず、マシーンの限界を知ろうとして走った。

その結果は満足すべきものであった。ロード・レース用として製作されたボディーはウィングが低く小さいために、まだ作られていないサーキット専用のボディーに較べると、ダウンフォースが小さかったが、それにもかかわらず満足すべき結果が得られていた。

今は、それを確認するだけであった。

〈これでグリップの悪い一般道路を走ると、限界の挙動がずっと穏やかになる……〉

平はそう予想していた。

ウィングが低く小さいだけで、限界の挙動がかなり違うはずであった。大きなウィングによってタイヤを路面に無理やり押さえつけて走るのとは違って、限界を超えてもマシーンの挙動の変化が穏やかになっていることが予想された。

〈エンジンは最高の調子だ。回転を上げすぎないかぎり、ずっとこの調子で回ってくれる……〉

彼は大日本自動車の『飛燕（ひえん）』のエンジンに全幅の信頼をおいていた。市販の無鉛ハイオクタン・ガソリンにあわせたチューンのため、絶対的なパワーはツーリングカー・レース用のエンジンより低いが、扱いやすさの点では格段に向上していた。

〈ただ、排気音が小さいのがいかん……〉

彼は思った。

レーシングカーの排気音には、闘争心をかきたてるものがある。公道仕様のこのマシーンには、耳からの刺激がなかった。それだけが不満であった。

〈タイヤを減らさないように……〉

エンジンが暖まってからは、カーブを抜けての加速でアクセルを全開にしていたが、カーブへの進入は余裕をもったブレーキングをおこなっていた。

〈ここで走っていると、タイヤのグリップがよいので、パワーが少ないように感じるが、同じ条件でも路面が違えばタイヤが滑るから、かなりスリリングな走りになるだろうな〉

彼は思った。

〈どのくらい滑るのだろう？　まだ誰もデータをもっていないのだ〉

タイヤ・メーカーのテスト・コースなら、一般道路と同じ路面のコースがあるはずであった。そういうところでテスト走行してみたかった。

〈ぶっつけ本番、予測によるセッティングで走るのだ。その点では誰もが同じ条件なのだ〉

路面が滑りやすい状態を想像しながら、平は富士スピードウェイを走りつづけていた。

一般道路での操縦性の限界はチェックできなくても、エンジンの調子だけは、富士スピードウェイでもチェックできた。標高の違いによる気圧の違いがあり、吸入する空気の量に差があるため、厳密な比較はできないが、少なくとも調子だけは判断できる……。

最終カーブに進入しながら、平はアクセルを深く踏みこんだ。

回転計の針がじわじわと上がっていった。直線路にでてギアをシフトアップした平は、アクセルを床まで踏みこんで加速した。

〈速い！　前にテストしたときより、加速が格段によくなっている。エンジンのアタリがついたのだろうか？〉

平は思った。

ピット・フェンスに城井と岸と小津の顔が見えた。ルートン・レーシング・チームのウィルソンとウォートンの姿も見えた。

その前を通りすぎてから、平は余裕をもってアクセルをゆるめ、第1カーブに向かってブレーキをかけた。レースの時の限界のブレーキングではなく、タイヤを減らさないように配慮したブレーキングであった。

〈エンジンの調子はいい。明日の予選と明後日の本レースまで、この調子がつづくことは間違いない〉

平は信じていた。

高度にチューンされたレーシング・エンジンはひじょうに神経質である。しかし、市販の無鉛ハイオクタン・ガソリンの使用を義務づけられたこのエンジンは、チューンの程度がそれほど高くなかった。そして、信頼できる岸と小津が整備しているだけに、この調子が本レースのゴールインまで持続することが期待できた。

〈エンジンの調子は最高だ。もうひと組のタイヤの皮むきをしておこう〉

タイヤを減らさないように、抑えたスピードでカーブを走りながら、平は思った。

このレースではレースがお金の勝負にならないように、金曜日の合同練習走行から予選と本レースを通じて、使えるタイヤの数が2セットに制限されていた。

タイヤはスリックではなく、市販のスポーツカーが履いている、ハイグリップのタイヤである。レイン・タイヤの設定はない。それだけの溝があれば、路面に水があっても大丈夫という判断であった。

7

コースを1周してピットに戻ると、平が岸にいった。

「タイヤを付け換えてよ。もうワン・セットのタイヤも、皮むきをしておくから」

「そうだね。ここのほうが路面のグリップがいいから、早く皮むきができるだろう」

岸が承知してくれたので、平はコクピットから降りた。そのあいだに岸と小津がジャッキを運んできて、マシーンを前後から持ち上げた。そして、マシーンの下に支柱をかっているあいだに、平がヘルメット姿のままトランスポーターから自分のタイヤを2つ運んできた。

「あ、いいのに……」
　岸がいったが、平は、
「限界まで攻めるときは、走ることに専念するけど、今はマシーンの調子をみるだけだから、この位の手伝いはできるよ」
「悪いなあ」
「気にしない、気にしない。あんたたちのおかげで、安心して走れるのだから」
　平がそういうと、岸と小津がマシーンについたホイールを外しはじめた。平はトランスポーターに残っているあと２つのタイヤをとりに、ピットを出ていった。
　タイヤの交換はたちまち終わった。平は再びコクピットに乗りこんだ。
「最初だから、タイヤをきちんと暖めてからにするんだぜ」
　岸がいった。
「うん、そうする」
　平が答えた。岸がマシーンの前に立って、右手をぐるぐる回した。平がメイン・スイッチをいれて、スターター・ボタンを押した。
　ルル……　グォン
　暖まっていたエンジンがすぐに始動した。
「ＯＫ！」
　ピット前にでた岸が、ピット・ロードを見て、平に向かって大きく手を振った。
　ゴリッ
　深くクラッチを踏んだ平がギアをいれた。
　ウォーン
　桜スポーツが走りだした。ピット・ロードをゆっくり加速した平は、ピットからでて右側にぴったり寄って第１カーブを廻った。タイヤにムリをかけないように抑えたスピードで走っていた。カーブを廻るスピードを抑え、カーブの手前のブレーキングもおだやかに、そしてカーブからでていくときの加速もゆっくりしたものであった。
　おとなしい走りかたでコースを２周した平は、３周目からスピードをあげた。ブレーキングでホイールをロックさせると、タイヤの一部分だけが異常に磨耗して、バランスが崩れる。タイヤの表面を均等に減らして、グリップのよい新しい面をだしておくための走行であった。
　平は皮むきを意識して富士スピードウェイを３周した後、ピットに戻った。
「マシーンのチェックはこれでじゅうぶん。タイヤの皮むきも終わったし……」
　彼はメカニックの岸にいった。
「そう。雨にならないうちに、マシーンをトランスポーターに積みたいね」
　それがメカニックとしての本音であることを、平はよく承知していた。
「ボクたちはこれでいいけど、お隣さんはどうなのかね？」

言いながら２人でルートン・レーシング・チームの様子を見にいくと、ちょうど１台のマシーンが戻ってくるところであった。
ジャン-スコット・キドナーのマシーンであった。
キドナーがピットに頭からクルマをいれてエンジンをとめると、平が尋ねた。
「ハーイ、ジャン-スコット。調子はどう？」
「調子、抜群にいいよ」
ヘルメットのシールドをあげて、キドナーが答えた。それから、
「これに乗ってみないか？」
「ええっ！」
これには平が驚いた。いくら仲よしになったといっても、レースではライバルであり、しかもスペアカーをもっておらず、レース前のことなのである。
「限界の走りをしている人は、１人もいない感じだから、軽く走るだけならクルマを壊す心配はないよ。よかったら、乗ってみてよ」
キドナーがいった。ウィルソンも脇から、
「遠慮なく、どうぞ」
とすすめた。
「どうする？」
岸が平に尋ねた。
「ボクのマシーンを用意してくれる？　交換して乗ってみよう。最大のライバルの手の内を知っておくのも、悪くないだろうから」
「いいよ。シートの位置などは変えられないけど、あのままいつでも走れるから」
岸のことばに、平が、
「それじゃ、ジャン-スコット、君がボクのマシーンに乗る、ボクが君のマシーンに乗る。３周ずつしてピットに戻る、これでＯＫ？」
というと、キドナーが、
「ボクが君のマシーンに乗ってもいいの？」
と嬉しそうに顔を輝かせた。
「皮むきをしたばかりのタイヤだから、フル・ブレーキングと限界のコーナーリングはしないでくれよ。あと、エンジンは3500回転以下でフル・スロットルにしないこと」
「それ、ボクのマシーンにも当てはまる走り方だ。それじゃ、どうぞ」
「３周ね」
平がいうと、岸が、
「ジャン-スコット、ミスター・タイラのマシーンは、コクピットが君には少し狭いと思うけど、それは我慢してくれよ」
「かまわないよ。レースをするわけではなく、のんびり走るだけだから」

キドナーが答えて、岸といっしょに桜レーシング・チームのピットにいった。平はウィルソンに、
「ヘルメットをもってくる」
といって、その後に続いた。

ルートンのマシーンの脇で平がヘルメットをかぶっていると、隣からエンジンが始動する排気音が聞こえた。
平はコクピットに身体をいれた。シートベルトを締めるのをウィルソンが手伝った。平は手袋をしながら、コクピットの操作系を眺めた。
「ギアボックスは５速。ギア・シフト・パターンは、ノブの上に描いてあります」
ウィルソンが説明した。
この２座席スポーツ・レーシングカーは、ベースとなった市販乗用車の変速機／デフのユニットを使うことが義務づけられているので、ツーリングカー・レースのマシーンほど特殊化されていない。変速操作もシーケンシャルではなく、ごくふつうのパターンである。
「わかった。ありがとう」
平が答えて、指で宙に円を描き、エンジンを始動する意思を示した。
「ＯＫ、エンジンをかけて」
ウィルソンがいって、同じように指で宙に円を描いた。
グォン
抑えた排気音をたてて、ボクゾールのエンジンが始動した。
「バックで出て。ＯＫ……」
ウィルソンがピット・ロードをみながら、手を振って平を誘導した。
平はマシーンをバックでピットからだし、第１カーブの方を向けた。
その時になって、隣にある桜レーシング・チームのピットのまえに、キドナーが乗る自分のマシーンが停まっていることに、彼は気がついた。
平がピットからでると、キドナーが走りだした。ウィルソンが手を振り、スタートするようにうながした。岸も平に向かって手を振った。
〈いっしょに走れということなのだな……〉
平は理解した。そして、ギアをローにいれると、エンジンの回転を高めてクラッチをつないだ。
ウォーン
軽快な排気音を残して、ルートン・スポーツが走りだした。前方にはキドナーが運転する自分のマシーンが走っていた。
第１カーブをインベタで廻って、やや下りになってから、軽くアクセルを踏んでみると、ボクゾールのエンジンはなかなかよいレスポンスを示した。

〈軽く回るエンジンだ〉

それが第一印象であった。

〈エンジン内部の摩擦を減らす努力をしているのだろう〉

平は思った。

平はキドナーとの間隔を 50 メートルほどとり、キドナーのスピードにあわせて走っていた。

カーブの手前ではじゅうぶんの余裕をもったブレーキングで、ブレーキ・パッドとタイヤを消耗させないような走りであった。カーブを廻るスピードも抑えていた。

それでも、マシーンの性格の違いが、平にははっきり感じられた。

〈こんなにも軽快なマシーンに仕上げられるものなのか！〉

軽やかな走りに、平は感服した。フル・スロットルの加速をおこなわないので、正確なところはわからなかったが、エンジンの性能が同等だとすれば、この軽快さがルートンのメリットであると感じられた。

〈イギリスでは大都会から少し外にでると、ロータリーになった交差点が多く、軽快な足まわりが要求される。その伝統がスポーツ・レーシングカーにも生きている……〉

平は思った。

バイクで言うならば、50cc のスクーターの軽快さに、1000cc のエンジンのパワーをもたせたようなマシーンであった。それにひきかえ、自分たちの桜スポーツは、1000cc のパワーはあるものの、あくまでも 1000cc のフレームの重々しさがついてまわっていた。

〈ツアラーとスポーツの違いだ……〉

平は思った。

しかし、抑えたスピードとはいえ、キドナーは桜スポーツを軽やかに走らせていた。ヘアピン・カーブを抜ける時も、シケインを抜ける時も、走りの軽やかさが感じられた。

〈あの走りは、彼の持ち味なのだろうか？〉

平は思った。

最終カーブを走りながら、キドナーが手を振って追い越せと合図していた。

平はアクセルの踏みを深くして、キドナーとの差を縮め、直線路にでてすぐに、キドナーと並んだ。キドナーが手をあげて挨拶し、先に行けと平に合図を送った。

平がアクセルを踏みたし、キドナーを抜いて前にでた。キドナーが斜め後ろについて直線路を第 1 カーブに向かっていた。

〈今度はこちらの走りを見せろというのか……〉

平はじゅうぶんな余裕をもった距離からブレーキをかけて、第 1 カーブに進入した。抑えたスピードで廻るので、タイヤの軋(きし)み音はまったく聞こえなかった。

カーブの区間では、キドナーはじゅうぶんな間隔をおいて走っていた。平はシャシーの設計思想の違いを感じていた。

〈このシャシーがスポーツカーだとすれば、桜スポーツのシャシーはリムジンだ〉

平は思った。

２つのスポーツ・レーシングカーのシャシーには、そのくらいの差があった。

それは、どちらがよい、どちらが悪いというものではなく、性格の違いであった。この２つのマシーンを比較することは、ウヰスキーと日本酒を比較するようなものであった。同じお酒であっても、性格がまったく違うのである。

かつてエットーレ・ブガッティがベントレーのクルマを「世界で一番速いトラック」と評したことがあった。ブガッティのクルマとベントレーのクルマは、レースに対するアプローチの仕方が異なっていた。それはマシーンの性格に表れていた。

シケインを抜けると、キドナーが平の後ろにぴったりついた。２台のマシーンが接近したまま最終カーブにはいり、直線路にでてきた。

平はバックミラーにキドナーの動きを感じた。キドナーが右にでて加速した。彼は平と並ぶと、スピードをあわせて横一線で直線路を突っ走った。キドナーが平に向かって手を振っていた。友達といっしょに走るのが楽しい、という感じであった。平も手を振った。　直線路の中頃まで並んでキドナーと並んで走った平は、先に行けとキドナーに手で合図して、アクセルをゆるめた。

キドナーが手をあげて挨拶し、すーっと前にでた。キドナーの乗る自分の桜スポーツがじゅうぶん離れると、平はその後ろにラインをとった。ストップ・ランプがついて、キドナーがゆっくり減速した。

平はキドナーとの間隔を１周目より少なくして、近くからキドナーの運転を観察した。限界の走りこそしていなかったが、キドナーの走りにはムリなところがまったくなかった。いうなればお婆さんを乗せたファミリーカーが箱根の山道を走っているような感じであった。急ブレーキ、急加速、カーブでの限界の走りなど、レース走行に特有な動きはまったくなかったが、同時にムダな動きもまったくなかった。スムーズでしかも速いのであった。

〈うまい。ジャン‐スコットは、マシーンを感じとる才能がとくに優れているのではないだろうか〉

平は思った。

この１周、平はジャン‐スコット・キドナーからたくさんのことを学んだ。抑えた動きながら、ムダを削りとった彼の走りは、限られたパワーで速く走るために必要なことを、平に教えてくれた。

シケインを抜けてから右に寄ったキドナーは、右にフラッシャーをだして、最終カーブをインベタで廻り、ピット・レーンにはいっていった。平もその後ろについてピットに向かった。

それぞれのピットにマシーンを頭からいれた２人は、エンジンをとめてコクピットから降りると、ピット・レーンで会った。
「ありがとう。楽しかった」
「こちらこそ。いい経験になったよ」
２人が握手をかわし、フェイス・マスクで押さえられた髪の毛をかきあげた。
「今日の走行はもう終わりにしていい？」
岸が尋ねた。
「はい、もうじゅうぶん走った。あとは、明日のフリー・プラクティスで走るだけだ」
平が答えた。
「どうです、私たちのマシーンは？」
ウィルソンが尋ねた。
「軽快なマシーンですね。私たちのマシーンとは、設計の思想が違う感じがしました」
平が答えた。
「私たちのマシーンを、どう思います？」
城井がキドナーに尋ねた。
「安定性の優れたマシーンで、エンジンが高回転域でひじょうに強力なのが印象的でした」
「直線路でぐーんと抜いて、カーブをヘロヘロッと曲がるマシーンですか？」
城井が皮肉っぽく尋ねると、キドナーが、
「いえ、雷太はマシーンの利点をいかしながら、カーブでも速く走ると感じました」
と答えた。
「降りてから思い出したのですが、昔はこういうことをやっていたんだね」
平がいうと、ウィルソンが、
「こういうことって？」
「仲のよいライバルとマシーンを交換して走るってこと。メルセデスのカラツィオラとアウトウニオンのローゼマイヤーが、マシーンを交換して走ったことを、どこかで読んだ記憶があるんだけど……」
「あれね。ローゼマイヤーがメルセデスのことを、乗りやすいマシーンだと評価して、カラツィオラがアウトウニオンのＶ -16 エンジンのスムーズさに驚嘆したってこと」
「たしか結論は、Ｖ -16 エンジンをフロントに積んだマシーンができれば理想だ、となったような記憶があるけど……」
「そう、そう。カラツィオラの回想録に書いてあった」
「今のグランプリ・レースでは考えられないことだろうね」
話をしていると、岸が、

「さあ、マシーンをトランスポーターに積んでしまおう。あと1時間で雨が降ってくるぞ」

といって、空を指さした。地元だけに空模様で天気の変化がわかるのである。

「今日は夜の9時すぎになると、皇居前広場にトランスポーターを乗りいれることができる。マシーンはトランスポーターに積んだまま、ピット・エリアになる皇居前広場に置くけど、ルートンのマシーンを運ぶトランスポーターは、明日の夜に私たちの仲間がこちらに戻す。ルートンのマシーンは、レースが終わったら、ピット・エリアに届いているはずの枠組にいれて、運送業者が成田まで運ぶので、ルートンのマシーンのトランスポーターは、東京まで運べばそれで役目は終わりだ」

城井が段取りを説明した。ウィルソンが、

「私たちの工具はどういたしましょうか。とりあえず最低限だけクルマに積んできましたが、もしそれ以上の工具が必要になったときに、今日のように貸していただけると助かるのですが……」

「いま使った工具箱を、両チームぶん、私たちのトランスポーターに積んでいきます。ぎりぎりで2つ積めるはずです」

「そうしていただけると、安心です。なにからなにまで、すっかりお世話になってしまいますね」

「気にしないでください。私たちはレース仲間なのですから」

日本語ではキザになって口にしにくい言葉も、英語だと抵抗なく口にすることができた。

「まず、工具箱を2つ積みます。それから桜スポーツと予備のタイヤを積みます。ルートンのトランスポーターには、工具箱は積まずに、マシーンとスペア・タイヤだけを積んでください」

城井の指示で、工具箱の移動から作業がはじまった。

8

トランスポーターをパドックからガレージまで運転するのは、桜レーシング・チームのメカニックの岸と小津であり、ルートン・レーシング・チームのウィルソンが、自分たちのマシーンを積んだトランスポーターの助手席に乗った。

トランスポーターが富士スピードウェイのゲートを出たときに、西の空を黒い雲が覆いはじめていた。

「あと30分たつと、雨が降りはじめる」

ゲートをでてゆっくり加速しながら、小津がウィルソンにいった。

「これからの予定は？　観光といっていたように記憶しているけど……」

「うん。このトランスポーターを皇居前広場に置けるのは、夜の9時すぎだから、ガレージを7時に出発する。それまで、トランスポーターをガレージの駐車場に置く。それから箱根を案内する。箱根は日本の代表的な観光地だ。今日の夕食は、東京のホテルでは用意されていない。この近くにある、ボクたちがレースのときに使う日本風のレストラン、ジャパニーズ・パブ・レストランで夕食をとる予定」
「こんなのんびりしたレースは初めてだ。それに、あなたたちレース仲間が案内してくれるので、ふつうの観光客ではいけないジャパニーズ・パブ・レストランで夕食をとれると聞いて、楽しみにしているんだ」
ウィルソンが嬉しそうにいった。
ガレージに着くと、ワゴンに乗っていた城井がおりて、トランスポーターをバックで駐車場にいれるのを誘導した。
「これから箱根へ観光にいく。ヨーロッパ風のレストランでお昼をとる予定だ。もう１度よく手を洗うのなら、ここで洗ってくれ」
平がワゴンに乗っていたルートン・レーシング・チームのメンバーにいった。
「レスリー、先に手を洗っておいでよ。私たちはかんたんに洗えばいいけど、あなたとウィルソンさんはマシーンをいじって手が油になっているから……。ウィルソンさんにいってくるよ」
キドナーがいって、ウィルソンを呼びにいった。
いつも秒単位で仕事をしているだけに、レーシング・チームのメンバーは仕事が速い。５分とたたないうちに、全員がワゴンと乗用車に乗って、出発の準備ができていた。
「傘は積んだね？」
「はい、人数ぶん積んだ。雨の降りが激しいようなら、クルマから出ないと思うけど」
「それじゃ、いきましょう」
メカニックの小津が運転する乗用車が先に走りだした。隣にはメカニックのウォートンが座っており、後ろの席にドライバーの土佐雅人とヘンリー・ハンドレーが乗っていた。
その後から岸の運転するワゴンが続き、助手席にウィルソンが座っていた。
２台のクルマが箱根に向かって走りだした。

箱根は道路も駐車場も空いていた。学校が春休みのこの時期、観光客がいっぱいで、道路は渋滞するし駐車場は満車ということも多いが、この年は外国人観光客が極端に少なく、観光バスの台数が少なかった。
外国で見られる日本のテレビの映像は、東日本大震災があってから、震災関連の映像が大部分であり、日本全体が震災と津波に襲われたような印象を与えていた。そのうえ、福島の原発から出た放射線が日本全国を覆っているような錯覚を与えていた。これはテレビ局に巣くっている反日勢力が、日本にくる観光客の数を減らすために仕組んだ番組構成であった。そのことに気がついている人は、その時はまだ少なかった。

そういうテレビ番組のために、アジアからの観光客が大幅に減っていた。

箱根でも、伊豆半島でも、名古屋でも、伊勢神宮でも、京都や大阪でも、放射線とは関係なく、賑やかに花見ができる状況にあった。しかし、そういう元気な日本の映像が外国に向けて発信されることがほとんどなかった。反日勢力が編集権の独立といって、しょぼくれた日本を想像する偏った番組を選択していたのである。

平がそんなことをイギリスから来たルートン・チームの人たちに説明した。

「だから、道路も空いていたし、ここ大涌谷の駐車場は、いつもは満車で駐められないんだが、今は楽に駐められる。個人的には楽でよいけど、観光事業にとっては大きな損失になっている。これは日本の経済活動の停滞を招き、レース界からみると、レーシング・チームのスポンサーが減ることを意味している」

「それは日本のレース界にとって困るね」

「東京に戻って、皇居のまわりを走る時に、ジャーナリストたちが取材に来ると思うのだが、できるだけ取材に応じてくれるように、私からもお願いするよ。日本は元気で、東京のど真ん中でレースを開催しているということを、世界に向けて伝えたいので、そのためなんだ」

「わかった、その位なら、お安いご用だ」

傘をささなくてもよいていどの雨であったので、大涌谷の駐車場にクルマを駐めて、地面から湯気が立ちのぼる大涌谷を、イギリス人たちに見せることができた。

もう富士山は見えなくなっていたが、ルートン・チームの人たちは、芦ノ湖を見たり、箱根という観光地を楽しんでいた。

第4章　練習走行

1

4月7日（土曜日）。

前夜に通りすぎた前線による雨が明け方にあがって、空に太陽が輝いていた。

風が吹くと、皇居前広場の松の木の枝から、雫がたれて、地面の緑を濡らした。

しかし、ピットレーンとして使われている舗装された路面はすでに乾きはじめていた。皇居前の内堀通りは、路面がもう完全に乾いていた。今は一般の交通が遮断されている。桜の花が美しい。

インペリアル・カップ・スポーツカー・レースの自由練習走行の時間が迫っていた。

9時20分。

テント張りの急造のピット前に並んだ色とりどりのスポーツ・レーシングカーが、エンジンを始動して暖機をはじめた。

2座席のオープン・ボディーである。

グォン　グォーン

その排気音は、スポーツ・レーシングカーのスタイルから想像するよりも、ずっと小さく抑えられていた。

量産エンジンを基本として、レース仕様に改造し、ヨーロッパや日本のツーリングカー・レースに使用された、2リッター・エンジンである。

そして、このスポーツ・レーシングカーに積まれる場合には、元の量産車の触媒とマフラーを装着することが、規則によって義務づけられていた。

さらに、触媒とマフラーの数を増やすことは自由とされていた。

このため、背圧の減少を狙って、触媒とマフラーを並列に2連装することが、すべてのチームでおこなわれていた。

これは、騒音を抑えるためであり、反レース感情を抑えるためであった。

そしてまた、使用する燃料は、市販の無鉛ハイオクタン・ガソリンと決められていた。この燃料規制によって、エンジンに極端なチューニングをほどこせなくなっていた。これはエンジンの開発にかかる費用を抑える方向に働くことが期待されていた。

公道を使った本格的な自動車レースとしては、日本で最初である。

ヨーロッパで自動車レースが始められて間もない頃、専用レース場がまだ存在せず、レースは都市から都市へと走るロード・レースという形をとっていた。いわゆるパリ・レースというシリーズであった。

ロード・レースで見物人を巻き添えにする事故があいつぎ、1903年のパリ〜マドリードを最後に、都市から都市へのロード・レースの時代が終わった。

代わって登場したのが閉鎖周回路レースであった。公道を閉鎖して臨時に周回コースとし、そこでレースをおこなう方法である。

この閉鎖周回路レースは、ロード・レースよりも見物人の整理とレース管理がしやすく、第一次世界大戦後に各国でレース専用施設が建造されてからも続いた。

その伝統がいまも残っているが市街地サーキット・レースである。たとえばモナコ・グランプリであり、アデレードとメルボルンで開催されたオーストラリア・グランプリである。スポーツカー・レースの華、ルマン24時間レースが開催されるサルト・サーキットは、コースの半分以上がふだんは一般の交通に使われている道路である。

インペリアル・カップ・レースに使われるコースは、皇居を取り巻く道路を使っていた。内堀通りのうち祝田橋交差点から大手町へと延びる直線路をスタートし、気象庁前から竹橋、北の丸、千鳥ヶ淵交差点、半蔵門、三宅坂、桜田門と走り、祝田橋交差点を左に曲がってスタート地点に戻る、1周5.198キロである。

レース専用コースでは、周回方向を時計廻りにしているところが多いが、このインペリアル・カップ・レースのコースは反時計廻りである。これは、レース前にコースを憶えるために、ナンバー・プレートのついたクルマで一般の交通といっしょに走るときに、自動車が左側通行の日本では、左曲がりだけの方が走りやすいからである。

2

ピットエリアに駐まっていた本部車両の屋根についた電子サイレンが鳴った。

午前9時30分。フリー・プラクティスの開始である。練習走行の時間である。

松林の中の、いつもは観光バスの駐車場として使われているスペースが、この週末だけはレースのためにピットエリアとして使われていた。

エンジンを暖めて待機していたスポーツ・レーシングカーの群が、ピットロードを走りだした。桜レーシング・チームでは、2号車のコクピットで待機していた土佐正人が、待ちかねたように走りだした。

すぐ隣にあるルートン・レーシング・チームのピットから、ヘンリー・ハンドレーが走りだした。ジャン - スコット・キドナーはまだ走りださない。

平雷太は桜スポーツに乗って、ピットでじっと待っていた。エンジンはじゅうぶ

ん暖まっていた。ほとんどのマシーンが出ていったのを確認して、
「スタート、ＯＫ！」
メカニックの原田が、手を振って平に合図した。
それとほぼ同時に、ルートンのキドナーが走りだした。
平はクラッチを踏んでギアをローにいれた。軽い手応えとともに、ギアがはいった。平はアクセルを踏みたした。回転計の針が大きく振れ、ツイン・マフラーで抑えたエンジンの排気音が大きくなった。
クラッチをスッとつなぐと、マシーンが走りだした。
ウォーン
アクセルの踏みが浅いのに鋭い加速をみせるのは、規則で決められた２リッターの排気量から、300馬力ちかいパワーを絞りだしている高性能エンジンだからである。
スプリント・レース仕様である。
〈エンジンの調子は最高だ！〉
ピット・ロードを少し走っただけで、振動と音によって、平はエンジンの調子を感じとっていた。すでに暖機のすんだエンジンは、調子よく回っており、コースを１周して完全に暖機を終えれば、最高のパワーを発揮できる状態になる。
ピットレーンの混雑はもうない。
平はギアをシフトアップし、抑えたスピードでピット・ロードを走った。鍛冶橋から馬場先門をへて内堀通りにたっする道路を横切り、さらにピット・ロードを進むと、道路が左に曲がっていた。
そこを左に曲がると、皇居が正面に見えていた。その手前に道路が横切るように走っていた。内堀通りである。その中央分離帯の植え込みに看板が立てられ、右向きの大きな矢印が４つ、赤い蛍光塗料で描かれて、コースを示していた。
平は道幅いっぱいに左側に寄り、軽くブレーキをかけ、右にステアリングをきって、アクセルを踏みこんだ。
グォーン
いくぶんか後輪のタイヤを空転させながら、平の桜スポーツが中央分離帯ぎりぎりまで寄ってラインを安定させると、軽快な加速をみせた。
ふだんはクルマの群れが逆方向に走っている車線であり、中央分離帯の東京駅側を北方向に走ることはできない。
左側に見える中央分離帯の向こう側が本コースである。レースのスタートの時に並ぶのも、もっとも長い直線路となるのも、この区間である。
内堀通りにでてすぐに、交差点であった。右側に和田倉門の交差点と東京駅の建物がみえていた。交差しているのが広い道路である。
ここで本コースに合流するのである。平の前方に左向きの矢印が４つ現れた。

合流すると、コースを憶えるために走ったときと同じように、道路の左側を走るようになる。平はここでやっと落ちついた。いつも左側を走っている道路の右側を走っていたので、なんとなく違和感が残っていた。なにしろ初めての公道レースである。

本コースに合流してすぐに、道路がゆるいカーブを描き、気象庁前で大きく左に曲がると、平川門をへて、竹橋へと向かう。皇居の桜の花がきれいである。

平の手足は無意識のうちに最適のギアを選び、加速し、減速し、マシーンの方向を変えていた。

左に曲がり気味に竹橋の交差点をすぎると、ゆるい登り坂となり、100メートルほど先から中央分離帯がある。ここをふだんと逆に右側にコースをとる。第4速でアクセル全開のまま、道幅が狭くなった感じのところに跳びこむ。

〈この区間はどうも好きになれない〉

平は思った。

じっさいの道幅は、他の場所とたいして違わないのであるが、感覚的にはずっと狭くなっているように感じられる。

それ以上に、中央分離帯の右側の車線を走るのは、いつもと反対方向であるだけに、心理的な抵抗が大きい。

この狭い登り坂に跳びこんですぐに、平はすぐに第3速にギアをおとした。

歩道橋の下を抜けながら、ブレーキを踏んでヒール&トゥで第2速におとした時には、もうきつい右カーブが目の前に迫っていた。

平はアクセルを踏んで、右カーブを抜け、次の左カーブにそなえた。この2つのカーブが、コースのなかでもっともきつい部分である。

そして、竹橋からここまでが、道路の幅のもっともせまい部分である。

余裕をもったスピードでこのきつい左カーブを抜けると、平はアクセルを深く踏みこんだ。

いつもは千鳥ヶ淵から竹橋へと向かうクルマが走っている車線である。

この区間だけ中央分離帯の右側を走らせるのは、この左カーブを抜けてすぐのところに、首都高速道路の代官町入口があり、ゲート横の道路幅が1車線になってしまうからであった。逆に走らせればこの部分も2車線の広さがとれる。もっとも、この区間で追い越しができると考えているドライバーは、ひとりとしていないはずであるが……。

ここから千鳥ヶ淵の交差点まで、中央分離帯がなく、センターラインがペンキで描いてあるだけなので、道路の幅をいっぱいに使って走ることができる。1台だけで走っているときには、そのありがたさがわからないが、他のマシーンを抜こうとしているときには、道幅いっぱいに使えるありがたさが感じられるはずである。

ドライバーの本能として、こういうときに抜かれる場面を想定することはない。

考えるのはつねに自分が抜く場面である。

ここまできて、平はようやく花見をする余裕ができた。ゆるい下りになっている道路の両側の歩道に桜の樹が植えられており、大きく張り出した枝は、桜の花が八分咲きであった。予選が終わればたくさんの花見客がこの歩道を歩く……。

平は道幅いっぱいに右側に寄って、左カーブにそなえた。

ブレーキを踏むと、軽量コンパクトな桜スポーツは、急速にスピードをおとした。

〈もし桜の花が散りはじめた頃だったら、路面が花びらできれいだろうが、タイヤが滑りはしないだろうか？〉

平は思った。

ウォン

ギアをおとした平が、ステアリングをきりこみながらアクセルを深く踏んで、桜スポーツが内堀通りに踊りでた。

直角に左に曲がって内堀通りにでると、道路の左半分しか使えないとはいっても、視覚的に、そして心理的に、道幅が広く感じられるようになり、スピードがだしやすくなる。

ウィーン

エンジンの回転があがった。

中央分離帯ぎりぎりまで右によって、さらにスピードをあげた平は、次々にギアをシフトアップした。

ゆるい登りになっているが、単独で走っている場合には気にならない。

内堀通りの反対側の歩道には、たくさんの見物人が並んでいた。フリー・プラクティスを見て、予選を見て、それが終わったら花見をしようというのであろうか？

それをちらと視界の片隅に感じて、平はさらにアクセルを踏んだ。

道路の右側にイギリス大使館が見えていた。土曜日であるが、建物の窓から手を振っているのは、大使館の職員であろう。このレースにはイギリスから２つのレーシング・チームが出場していた。

平が所属する桜レーシング・チームがこのうちの１つの世話をしていた。ボクゾール・エンジンを積んだルートン・レーシング・チームである。外国からのエントラントに、成田到着からレースを終えて成田出発まで、仲間のチームとしてお世話をするのである。

イギリスの２つのチームは、イギリス大使館のすぐ近くにあるダイヤモンド・ホテルに泊まっており、桜レーシング・チームも同じホテルに泊まっていた。

グリフィンのマークのついたルートン・レーシング・チームが出場させているマシーンには、イギリスの若手ドライバーの、ジャン‐スコット・キドナーと、ヘンリー・ハンドレーが乗っている。水曜日に成田に到着したときから行動をともにしていたので、レース仲間としてすっかりうちとけて、片言の英語でも臆することなく話ができるようになっていた。

大使館の窓から手を振っていたのは、平のすぐ前を走るキドナーに対してである。

たちまちイギリス大使館が後ろに流れ去って、半蔵門の交差点が目の前に迫っていた。やや左に曲がり気味になり、同時にそこからゆるい下りになる。

〈うむ、予想していたほどではないが、やはり浮き気味になる……〉

平はマシーンが浮き、タイヤのグリップが少なくなることを感じとった。

そのことは乗用車でコースを走ったときに予想していたが、どのていど浮き気味になるのかについては、交通法規を守った運転で知ることができなかった。

道路の幅を利用して、やや左カーブになった半蔵門の交差点をまっすぐ抜けた平は、マシーンの浮きがとまってタイヤがしっかり路面をグリップしてから、ゆるやかにステアリングをきった。そのときにはマシーンがセンターラインぎりぎりまで寄っていた。

左側にはゆりの木の街路樹が植えられ、その向こうに皇居の土手が見えていた。センターラインの近くを走るスポーツ・レーシングカーの低い運転席からは、お掘の水は見えない。

道路の右側の街路樹は、桜と銀杏である。いまは桜が八分咲きである。桜が終わって銀杏の樹が若緑色になると、国立劇場の黒っぽい建物とのコントラストが美しい。

中央分離帯ぎりぎりまで寄った平は、一瞬ブレーキを踏んでスピードをおとし、ギアを第４速におとした。

道路の幅をいっぱいに利用して、アクセルを踏みながら高速の左カーブを曲がる。

カーブの内側の縁石をかすめて、やや逆バンクのついたカーブを抜けると、マシーンが中央分離帯ぎりぎりまで寄った。

〈これでよい……〉

平は満足の笑みを浮かべた。

道路がすぐにゆるく右にカーブしていた。あいかわらずゆるい下り坂である。

〈このあたりのカーブの切り返しが、なんともいえず楽しい！〉

後輪のタイヤをやや滑らせながら、平は運転を楽しんだ。

フリー走行の時間だからできることであり、タイムアタックをする予選走行の時間になったら、とてもそんな走りはできない。

タイムを短縮するための走りと、運転を楽しむ走りとは、まったく別である。

正面のビルの屋上に塔がたっており、パラボラアンテナがたくさん付いていた。

それを見ながら左にカーブして、平は次に続く左カーブにそなえた。

国会議事堂の正面からの道路が、右側から合流する。それを確認して、左にカーブした平は、右にふくらんだ走行ラインを次第に左に寄せた。

次が桜田門の右カーブであった。

ピットに入るときには、この交差点で中央分離帯を越えて右側の車線に移る。

だが今は周回をかさねるために、まっすぐにここを抜ける。
平は祝田橋の交差点を左に直角に曲がるために、道幅いっぱいに右に寄った。中央分離帯ぎりぎりである。道幅をいかに有効に使うかによって、カーブを曲がるスピードがきまる。そして、単独で走るときと、レースで競りあいながら走るときとでは、走行ラインのとりかたが違ってくる。
今は単独走行なので、最速ラインをとることができ、道幅いっぱいに右に寄って、左側の歩道の縁石をかすめ、ふたたび道幅いっぱい右にふくらんで、中央分離帯ぎりぎりまで寄りながら、加速してスピードをあげた。
それからは長い直線路であった。
そして、予選のときはここからタイムを計測する……。このタイムによって、本レースのスタート順位が決まる。
アクセルをいっぱいに踏んでギアを次々にシフトアップした平は、遮るもののない内堀通りを突っ走った。
右側からでてくるマシーンが交差点で合流する。それを避けるために、あらかじめ左に寄って、チラと右をみると、1台のマシーンが走ってくるところであった。
この部分、本レースではかなり神経を遣うことが予想された。
本レースでは、走行ラインの奪い合いとなり、うかつにラインを変更することができない。タイミングが悪いと、行き場を失って、不必要なブレーキを踏まされることになる。
左に皇居の緑を背景に桜の花が見え、正面に大手町のビル群が見えていた。青い空に白い雲が浮かんで、高層ビル群の上を飾っていた。
〈走っていても気分のよい季節だ……〉
走行中だというのに、平はそんなことを考えていた。そんな雑念は、走行中は禁物であることは承知していたが、天気のよいこの季節は、ギスギスしたタイム争いを、温かく包んでくれる感じであった。
〈レースは楽しくやらなくちゃ〉
平はそう思っていた。
グランプリ・レースのように、大レースで億の金が動いて、醜く争い、走り方まで卑しくなっていく様子を見ているだけに、走り方だけは品位の高いものにしたかった。
〈速い走りと品位のある走りとは、けっして両立できないものではない〉
彼は信じていた。
ピットロードから合流してきたマシーンとの間隔がじゅうぶん離れていることを確認して、平はマシーンを右に寄せた。次が左カーブであった。
ウィーン
ツイン・マフラーで抑えられた排気音とはいえ、澄みきった音色がヘルメットをとおして聞こえ、彼の闘志をかきたてた。高回転で伸びのよいエンジンは、回せば回すほど調子がよく、ドライバーの心を浮き浮きさせてくれる。

トップ・ギアのまま抜ける最初のゆるい左カーブを抜けて、平は次の左カーブにそなえてラインをとった。カーブが近づくと、ブレーキを強く短く踏んでスピードをおとし、同時にヒール&トゥでギアをシフトダウンしていた。

内側の歩道の縁石をかすめて大きく右にふくらんだ平は、そのまま中央分離帯ぎりぎりに寄って、まっすぐ竹橋に向かった。いったんシフトアップ。

竹橋の交差点は、抑えたスピードで走ると、いつもは反対方向に走る右側の車線に入るのに心理的な抵抗があるが、限界にちかいスピードで走ると、ちょうどよい具合に外側にふくらみ、ムリなく対向車線に入ることができる。

科学技術館の入り口をすぎると、平はブレーキを踏んでスピードをおとした。ヒール&トゥを使ってギアをおとし、エンジン・ブレーキを併用する人もいる。だが、それは長距離レースの走り方であり、スプリント・レースではエンジン・ブレーキを使う必要がない。ブレーキを酷使しても、パッドの耐久性に問題はなく、ゴールまでもってくれるし、大容量のベンチレーテッド・ブレーキがその程度でフェードする恐れはない。ギアをおとしてクラッチをつないだときに、エンジンの回転とクルマのスピードを合わせるために、ヒール&トゥを使うのである。

この区間がいちばんチマチマしており、セカンド・ギアが必要になる。

右、左とカーブを抜けた平は、幅の狭い道路を突き進んだ。

〈ロードレースはスピードによってコースの顔がちがってくる……〉

平は思った。

流して走るぶんにはなんということもないコースが、限界にちかい走りをすると、様相を一変してとてつもなく難しいコースとなることがある。それはコース全体がそうであることもあるし、特定の区間だけがそうなることもある。

コースをゆっくり走って下見する時に、それを見極めるのがプロというものだ。時として見落とすこともあるが、平はほとんど見まちがいをしなかった。ギア比の設定がぴたりと合っていたし、操縦性も最高のセッティングになっている。

サスペンションのセッティングはとくにむずかしい。レースでは限界のスピードで走るのに、それよりはるかに低いスピードで走りながら、限界での挙動を推測して、それに対するセッティングをしなければならない。

彼にとって、今はセッティングを確認するための走りにすぎなかった。ここで走ってセッティングを決めようとするのは、すでにライバルに後れをとっているのだ。コースの下見でセッティングを予測して決め、サーキットでセッティングを完了し、フリー・プラクティスでセッティングが正しいことを確認し、ばっちり決まったセッティングで予選を走る必要があった。

〈このコースをレース速度で走るのは、いまフリー・プラクティスで走っているドライバーが初めてなのだ。外国からきたチームの人たちに、主催者がくどいほどそのことを伝えていた。日本のチームが有利なのは、道路をよく知っていることだけなのだ〉

平は思った。

１度目の予選でセッティングを決めて、２度目の予選でタイム・アタックをするというチームもあるが、そんな悠長(ゆうちょう)なことは言っていられない。木曜日にコースをナンバー付きのクルマで走って、コースの状態を観察し、それにもとづいて金曜日にサーキットでセッティングを決めていた。今は路面のグリップの違いがどう影響しているか、予測があっているかを確認するだけなのだ。

午前中におこなう１度目の予選で、スターティング・グリッドを決め、午後の予選でそれより速いタイムをだしてドライバーが、その後ろに並ぶという、インディー方式を採り入れているので、今、午前中の走りが大切であった。

このレースの予選システムは、ふつうと違っていた。土曜日の午前中に、45分間の自由走行の時間があった後、同じく45分間の第１回予選走行がおこなわれる。このときに予選通過タイムをクリアーしていれば、グリッドに名前がのる。

予選で上位３台のタイムの平均値の10パーセント増しのタイムが予選通過基準タイムとなり、基準タイムより悪いタイムしか記録できないドライバーは、本レースに出場できない。スピードの差が大きすぎると危険だからであり、不必要な危険を排除するためであった。ドライバーの生命がかかっているモーター・レースは、いくら安全に気をつかっても気をつかいすぎるということはない。そのうえ、公道レースなので、見物人の安全を考慮する必要があった。遅いクルマのチームには気の毒であるが、事故の危険を減らすことが最優先された。

そして、午後におこなわれる45分間の第２回予選走行の時間に、上位３台のタイムが午前中より向上すると、予選通過基準タイムも向上し、午前中には予選通過とされていたマシーンが予選不通過となることもある。

そればかりではなかった。午後の予選で初めて基準タイムをクリアーしたドライバーは、そのタイムに関係なく、午前中に確定したスターティング・グリッドの後ろに並ぶ。これはインディーの予選の方式を採りいれたもので、セッティングに時間のかかりすぎる日本のチームと日本人ドライバーの弱点をなおすことが期待されていた。

3

出場台数が35台であった。

そのなかで自分たちのクルマがどのあたりに位置しているのか、予選を走ってみるまではわからなかった。

桜レーシング・チームは、大日本自動車のスポーツカー『飛燕』の4気筒エンジンを積んでいた。このエンジンが4ドア乗用車『敷島』のレース仕様車に積まれ、国内のツーリングカー・レースにおいて、つねにトップ争いを演じていた。

インペリアル・カップ・レースに出場するクルマのボディーは、オープン・タイプの2座席スポーツカーである。センター・モノコックはカーボン・ファイバー製である。これは童夢が製作したもので、すべてのチームが同じものを使っており、大量生産のおかげで価格が安く抑えられている。出場するチームがエンジンと変速機を積んで、前後のボディーを製作して、好きなスタイルの2座席スポーツカーに仕上げて走らせる。パッセンジャー・シートは幅45センチの形ばかりのものであり、ドライバー・シートとのあいだに、厚い仕切板があった。この仕切板はモノコックの一部であり、開口部が広くなる2座席オープンカーの強度を高めるためにそうなっていた。

ドアがないのも、ボディーの剛性を高めるためであった。このため、コクピットに乗りこむ手順は、フォーミュラカーと同じであり、ステアリング・ホイールをはずして上から乗りこむのは、左側にデッドスペースのあるフォーミュラカーに乗るようなものであった。

いま、フリー・プラクティスの時間になすべきことは、マシーンのセッティングを確認することであった。公式予選までの時間が少ないので、セッティングを大幅に変更することはできない。もし大幅な変更が必要になれば、変更した後にその効果を確認する必要があった。変更の結果が予想したとおりの結果をうめばよいが、予想が外れてしまうと、セッティングを元に戻して午後におこなわれる2度目の予選に臨むことになる。そういう事態だけは避けたかった。

平は予測数値によるセッティングの桜スポーツを駆って、コースを走りながら、しだいにスピードをあげていった。

彼の走りはまだ限界の80パーセントであった。この80パーセントという数値は感覚的なものである。エンジンをレッドゾーンの80パーセントまでしか回さないとか、アクセルを80パーセントしか踏みこまないとかいう意味ではない。時速100キロで廻れるカーブを80キロで廻るという意味でもない。あくまでも感覚の問題であり、他のドライバーと話をするときに、共通の認識として使える数値ではない。

とにかく、まだ余裕があり、考えながら走れるスピードであった。タイヤの減りも少ない走りである。

しかし、80パーセントの走りをすることによって、遵法走行(じゅんぽうそうこう)ではわからなかったことが見えるようになっていた。

数値によるマシーンのセッティングとテスト走行は、富士スピードウェイでおこなっていたが、路面のよいサーキットではなく、舗装が滑りやすく凹凸のある一般道路を高速で走ることによって、このコースの走り方がわかってきた。

〈もっとダウンフォースがほしい！〉

コースを２周した平は思った。

しかし、スポーツカーのボディーでは、それ以上のダウンフォースを期待するのはムリであった。リアの低い位置に小さなウィングがついており、フロントにチンスポイラーがあるだけである。ボディーの底面はフラットであり、ベンチュリー効果は期待できない。

〈この状態で、エンジンのパワーをいかに路面に伝えるかが、速く走るためのコツだ〉

平は思った。

高速で走ると、路面のわずかな凹凸にも、タイヤのグリップが敏感に変化した。それは制限速度を守っての走りではわからなかったことである。厳密にいえばあるていどの予測はしていたが、これほど滑りやすくなることまでは予想していなかった。

〈他のドライバーたちも、同じように悩んでいるはずだ〉

彼はそう考えて、この条件のなかでマシーンの性能を最大限に発揮することを考えていた。それと同時に、サーキットでは味わえない、スリリングな操縦性を楽しむだけの余裕をもっていた。

じっさい、走るのが楽しいコースであり、走るのが楽しいクルマであった。

３車線、４車線ある道路の幅をいっぱいに使って、速いスピードを保ったままカーブを廻ることは、一般の交通に使われているときにはとてもできない。祝田橋のコーナー、気象庁前のカーブなどを走るときに、とくにそれを感じていた。極めつきは対向車線にはみだして右側いっぱいに寄り、直角カーブを左に曲がる千鳥ヶ淵交差点であった。カーブを曲がるスピードを高くたもつために対向車線まで使うことは、ふつうではとても考えられないことであった。

そんなところに心が躍るのは、どこかにアウトロー的な気持があるからであろう。

〈お、みごとに滑らせている！〉

前を走るキドナーが、マシーンをオーバーステア状態にして、滑りながらぎりぎりで曲がっていくのを、平は後ろからじっくり観察した。

最低重量 750kgという軽いマシーンに 300 馬力のエンジンを積んでいるので、低速ギアではかんたんにホイール・スピンを起こしていた。

〈750kgフォーミュラのグランプリカーは、いったいどんなフィーリングだったのだろう？〉

走りながら平は考えた。

第二次世界大戦前の 1934 年から 1937 年まで、グランプリカーの最大重量が 750 キロと決められた。ホイールを外し、ガソリン、冷却水、オイルなどの液体を抜き取った乾燥重量の最大値である。

クルマの重さをその範囲におさめれば、大きなエンジンを積めないから、スピードを抑えることができるだろう、というのが、国際自動車連盟（ＦＩＡ）の前身であるレース統括団体の国際公認自動車クラブ協会（ＡＩＡＣＲ）の期待であった。

ところがこの期待はみごとに裏切られて、この750kgフォーミュラの時代に、それまでで最高のパワーをもつグランプリカーが製作された。600馬力を超えるパワーで750kgのボディーを走らせたのであるから、その加速力と最高速度は、想像を絶する凄まじいものであった。

じっさいには、タイヤを履き、燃料を満タンにし、冷却水とオイルとブレーキ液をいれるので、スタートする時の総重量が950キロほどになったという。

しかし、それでもふつうのレーシング・ドライバーには想像できない領域であることに変わりはない。しかも幅の狭いタイヤを履き、空力の研究が未発達な時代であったから、そのようなグランプリカーを乗りこなすことのできたドライバーは、ほんのひと握りであったという。

〈それに較べれば、現在のマシーンはサスペンションもタイヤもよくなり、ブレーキの効きが大幅に向上し、空力的にも研究されたボディーをもっているのだから、たかだか300馬力のパワーが使いこなせないのでは、レーシング・ドライバーとして情けない〉

前を走るキドナーは、カーブで盛んにテールを滑らせていた。

〈ことによると、ジャン-スコットは滑りを楽しんでいるのではないだろうか？〉

そう考えた平は、自分もキドナーと同じように、むりをしないで限界での走りのトリッキーさを楽しむことにした。

4

〈理論どおりに走らせて、速いタイムをだそうとするから、マシーンがうまく走らずに、イライラするのだ。むしろジャン-スコットのように、限界の不安定な状態を楽しむ走りに徹して、クルマに慣れることだ〉

平は開きなおった。

タイヤのグリップがよい特殊な舗装をしてあるサーキットでの走りの理論を、一般道路にもちこもうとしていたので、ムリが生じたのであった。

キドナーの走りをすぐ後ろから観察することによって、平は目から鱗（うろこ）がおちたような気がした。彼はそれまでの教科書的なグリップ走法をやめて、マシーンを横滑りさせながらカーブを廻るスライド走法に切り換えた。

〈タイム的には遅くなるかもしれない。でも、この方が運転していて楽しく、ストレスがたまらないからいい〉

平は思った。

〈フリー・プラクティスは45分間だ。もう15分は走っているから、あと30分。タイヤは2回の予選を走りおえるまでもつはずだ〉

そう思うと、彼はタイヤの消耗を気にせずに、アクセルを踏みこんだ。

〈要するに、タイヤがどっちを向いていようと、クルマ全体がカーブをうまく廻ればいいのだ〉

開きなおった平は、感性にまかせて走っていた。

4輪ドリフトでカーブを廻ると、それまでグリップの不足にイライラしていたことが嘘のように楽しく走れた。アクセルの踏みとステアリングの切りの微妙なバランスをとりながら走るのが楽しかった。

彼はスライド走法でコースを1周した。さらにもう1周すると、スライド走法よりもグリップ走法がよい状況を、しっかり見極められるようになっていた。

〈スライド走法は楽しいが、あきらかにグリップ走法がよい場合もある。状況によって有利な走法に切り換えることが、楽しくしかも速く走るコツだ〉

スライド走法に切り換えてコースを2周した平は、不必要なドリフトをしないようになっていた。はじめのうちは頭で状況を判断して、走り方を切り換えていたが、3周すると走り方が自然に切り換わるようになっていた。

「わかったぞ！」

平はヘルメットのなかで喜びの叫びをあげた。

〈スライド走法のほうが限界が高いわけではないのだ。一般道路の滑りやすい路面で、グリップ走法に固執するからフラストレーションがたまるのだ。その部分をスライド走法で抜ければ、速く走ろうという意欲を持続させることができる。これがコツなんだ〉

平は開眼した思いであった。

〈それに、スライド走法だと緊張も持続する。しかも楽しみながらだ。グリップ走法で教科書どおりに走ろうとすると、窮屈な義務感が顔をだして、走るのが楽しくなくなるのだ。初めのうちは、ふだんスピードをだせない一般道路でアクセル全開にできたので、その喜びで気がつかなかったのだ。キドナーは初めからそのことを知っていたのだ。ヨーロッパ大陸に行けば公道を使った臨時サーキットでのレースがあるからだろう〉

平の走りに力がみなぎってきた。祝田橋の交差点を曲がってフルスロットルで加速し、スタート・フィニッシュ地点を走り抜けたとき、彼はダッシュボードのストップウォッチのボタンを押した。

走り方の研究の成果を、タイムで確認するためであった。

シフトアップしてトップ・ギアで突っ走り、彼は思いのままのラインをとっていた。彼はもうグリップ走法とスライド走法の違いなどは問題にしていなかった。

〈要は速く走ればいいのだ。エンジンのもつパワーを最大限にいかして走れば、タ

イムはおのずとついてくる〉

ウィーン　ウォーン

キドナーは速い走りで他のマシーンを、右からでも、左からでも、自由自在に抜いていった。その後ろについて走る平も、自分でも驚くほど自由に走れるようになっていた。他のマシーンを自由に抜くことができた。こんな経験は初めてであった。

〈ジャン - スコットのおかげで、このコースの走り方がわかった〉

平はキドナーに感謝した。それとともに、

〈しかし、日本の道路を走るコツを、遠来の友人に教えてもらうとは……〉

首都高速道路の代官町入口の近くで、他のマシーンに追いつきそうになったが、一瞬アクセルをゆるめた平は、そのマシーンが中央分離帯のないところにでると、たちまち左側から抜きさった。

ゆるい下り坂を加速しながらいったん右によって、千鳥ヶ淵の交差点の手前で短くブレーキをかけ、左コーナーをスライドしながら曲がった。

４つのタイヤが横滑りしていたが、平はマシーンを完全にコントロールしていた。中央分離帯のぎりぎりまでタイヤを寄せた平は、しかしタイヤのサイド・ウォールを中央分離帯に触れさせることなく、コーナーを曲がりきった。走行ラインの曲率を最大にして、スピードを高くたもったまま千鳥ヶ淵の交差点を抜けた平は、さらに加速をつづけた。

半蔵門の交差点を抜けたときに、マシーンがやや浮き気味になったが、彼は無意識のうちにアクセルを少しだけゆるめていた。タイヤが不必要に空転することなく、ごくゆるい下りになった路面をタイヤがしっかりグリップしたとき、マシーンの姿勢に乱れがまったくなかった。

三宅坂の交差点の手前で一瞬だけブレーキをかけ、彼は下りになった左カーブを４輪ドリフトで曲がっていった。

シートから、ステアリング・ホイールから、ペダルから、マシーンの挙動が感じられた。こんな感覚ははじめてであった。人車一体。言葉では知っていたが、感覚として理解したのは、これがはじめてであった。

教科書どおりに運転していたときには味わえなかった感覚であった。

平雷太は、ダウンフォースの小さいスポーツ・レーシングカーを、滑りやすい一般道路でスライド走法で走らせることによって、次元の違った走る楽しさを会得（えとく）し、味わうことができるようになっていた。

第5章　公式予選

1

4月7日（土曜日）。

フリー・プラクティスが終わってマシーンがピットに戻ると、15分間の休憩があって、10時半から第1回の公式予選がはじまる。

隣にあるルートン・レーシング・チームのピットに城井が顔をだすと、ウィルソンが、

「クルマを掃除したいので、バケツを貸してください。写真を撮られるでしょう。きれいにしておきたいので……」

「わかった。クルマの掃除なら、ちょうど私たちの仲間がきたので、彼らにやらせて、あなたたちは休んでいてください」

「でも、それでは申し訳ない……」

「いや、いいんだ。トランスポーターをガレージまで持って帰るために来たのだけど、予選を見ていきたいといっているので、今は暇なんだ。若くて真面目な青年だよ。遠慮なく指示してボディー磨きをさせて」

城井がそういって、

「おーい、原田、中山……」

と、桜レーシング・チームのピットにいた、メカニック見習いの原田裕と中山道夫を呼んだ。

「バケツに水をくんできて、ルートンのマシーンをきれいにしてくれ。こちらウィルソンさん。彼の指示にしたがってだ」

「はい、わかりました。すぐに水をもってきます。ミスター・ウィルソン」

原田と中山が快活に返事をして、バケツをもって水をくみにいった。

「メカニックとしての経験は少ないけど、真面目に仕事をしてる。ルートンのお手伝いをすることは、彼らにとってよい経験になると思うよ」

城井がウィルソンにいった。

原田と中山はバケツに水をくんでくると、ルートンの2台のマシーンを手早く洗った。フリー・プラクティスを走った時に、路面に水が残っていた区間でボディーにハネがあがっていたが、汚れがおちるとルートンのマシーンは再び輝きをとりもどした。

休憩時間にコースが点検され、コース上に停まっていたマシーンがピットに運ば

れ、いよいよ第１回の公式予選が始まろうとしていた。

2

その頃、桜レーシング・チームのドライバーとルートン・レーシング・チームのドライバーは、ピット裏に駐めたワゴンの中で休んでいた。

ワゴンのシートは中央の列のシートを後ろ向きにセットして、５人が向かいあって座れるようになっていた。

「予想した以上に滑りやすいね」

キドナーがいった。

「それに、マシーンがフワーッと浮くところがあって、走りにくい」

平がいった。

「そう。タイヤがグリップを取り戻してからアクセルを踏むようにするのが、速く走るコツなんだ。でも、どうしても早めにアクセルを踏んでしまう……」

「キミもか。どうしても気持を抑えきれないで、早めに踏んでしまうんだ」

「理屈ではわかっているんだ。着地した瞬間にうまくグリップさせて駆動力をかけるといいのだけど、つい早めに踏んでしまうから、着地した時にタイヤが空転して、グリップを失うとともに、タイヤをムダに減らしてしまう」

「そうかといって、踏むのが遅いと損をする……」

「そろそろ行こうか……」

「ヘルメットのシールドはよく拭いたかい？」

「さっき降りてすぐに拭いたよ。ま、走っていれば汚れるけど、予選だからタイムさえだせればそんなに長く走る必要はないし……」

「手回しがいいね。ボクはこれから掃除するんだ。それじゃ、グッド・ドライブ」

「ありがとう。君も……」

キドナーとハンドレーがヘルメットを持ってワゴンからでていった。それを見送って平は濡れティシューと乾いたティシューをとって、シールドを拭きはじめた。

グォン

エンジンが始動する音がした。

シールドを拭きおわった平と土佐がワゴンから降りてピットにいくと、隣りあった２つのチームのピットの前に、４台のマシーンが並んでおり、ルートン・レーシング・チームのマシーンには、すでにキドナーとハンドレーが乗りこんで、ベルトを締めているところであった。

平と土佐は２台のマシーンの前方にいって、２人のドライバーに手をあげて挨拶した。２人が気がついて挨拶を返した。

〈やる気じゅうぶんだな！〉

２人の目の輝きをみて、平は思った。

時計をみていたウィルソンとウォートンが、エンジンを始動するように合図した。

グォン　グォン

2台のルートン・スポーツのエンジンが始動した。ボクゾールのエンジンは軽く回る。抑えた排気音からは想像できない軽快な回転のあがりぐあいを、マシーンを交換して運転した平にはよくわかっていた。

〈さあ、支度をしようか……〉

平はマシーンのうえにヘルメットを置き、フェイス・マスクをかぶった。それからヘルメットをかぶり、コクピットに乗りこんだ。

パーッ　パーッ

電子音がピット・エリアに響きわたった。公式予選がはじまる合図であった。

グォーン

エンジンの回転をあげたキドナーのルートン・スポーツが走りだした。つづいてハンドレーのマシーンも走りだした。

早めに予選を走ろうというマシーンが次々に走りだしたので、ピット・ロードが混雑していた。平はその混雑がおさまってから走りだすつもりで、ゆっくり時間をとってベルトを締めた。

「エンジン始動！」

岸がマシーンの斜め前に立っていった。

平がメイン・スイッチをいれ、スターター・ボタンを押した。

ルル……　グォン

暖まっていたエンジンがすぐに始動した。

ゴリッ

ギアをローにいれると、平は岸の顔を見上げた。ピット・ロードを睨んでいた岸が手を振った。

グォーン

アクセルを踏みたし、クラッチをつなぐと、桜スポーツがゆっくり走りだした。ピット・エリアを抑えたスピードで走りぬけた平は、ピットがきれるとスピードをあげた。

いったん左に曲がり、内堀通りに突きあたる。矢印のサインにしたがって内堀通りをふだんとは逆に走り、東京駅からきた道路との交差点で左側の車線に移る。

前を走るマシーンが小さく見えていた。

〈かなり混雑するだろうな……〉

平は思った。

後ろに土佐のマシーンが見えていた。

〈1周目はタイヤを暖めるためだ〉

彼は自分にいいきかせた。

すでにフリー・プラクティスでマシーンを感じとっていた。

むしろ、タイヤと路面のグリップを感じとったというべきであろう。

ふつうに走っているぶんには、じゅうぶんグリップしているタイヤが、限界の走行をおこなうと、路面をグリップしないで滑っていた。これを面白いように滑ると感じるか、あるいは恐ろしいほど滑ると感じるかは、ドライバーの腕前と度胸と走り方による。

初め、グリップ走法に固執(こしつ)していた時、平は恐ろしいほど滑ると感じていた。ところがコース上でキドナーの走りを見てから、スライド走法を積極的にとりいれてみると、面白いように滑ると感じるようになった。

〈タイヤによって滑りぐあいに差がある。しかし、その差はわずかなものだ。要はいかに速くマシーンを走らせるかであり、タイヤをグリップさせたり滑らせたりするのは手段にすぎないのだ……〉

キドナーのおかげで開眼した平は、タイヤが滑るのを、マシーンがスライドするのを、積極的に楽しむようになっていた。

フリー・プラクティスを走ったおかげで、竹橋をすぎてから中央分離帯の右側を走ることに、平は心理的な抵抗を感じなくなっていた。

彼はエンジンの鼓動を感じていた。サスペンションのスプリングとダンパーの動きを感じていた。ボディー全体の動きを感じていた。

〈調子は最高だ……〉

フリー・プラクティスでの感触を再確認した平は、千鳥ヶ淵の交差点をやや滑らせ気味に走りぬけながら、次第に闘志をかきたてていった。半蔵門の交差点でマシーンが浮くことも、もうまったく気にならなかった。浮くなら浮くで、マシーンの動きに合わせた運転をすればよいだけのことであった。

三宅坂の逆バンク気味の左カーブを抜けるとき、左のタイヤが浮き気味になることを、平はまったく気にしなくなっていた。

道幅をいっぱいに使ってカーブの曲率を大きくとり、スピードを高くたもって走っていた。

桜田門の交差点を抜けながら、彼は祝田橋の交差点に向けてアクセルを強く踏んだ。

ラップ・タイムを計測する予選走行で、タイム・アタックを開始するのである。平は気力が充実しているのを感じた。

3

中央分離帯ぎりぎりまで右に寄った平は、強く短くブレーキをかけながら、ギアをシフトダウンした。クラッチをつなぎ、ステアリング・ホイールをわずかに動かして、彼は後輪を滑らせ気味に左カーブを廻った。

テールが流れたのも一瞬であり、彼はマシーンの滑りをとめると直線路を一気に加速した。パラレル・ツイン・マフラーのおかげで、高回転の伸びがよい。レッド・ゾーンぎりぎりまでエンジンを回してシフトアップして、アクセルをさらに踏みこむ……。

乗用車でふつうに走っていたのでは感じられない路面の凹凸が、激しい衝撃となってシートからステアリング・ホイールから伝わってくる。

ピット・エリアから出てくるマシーンがあることを予測して、彼は左に寄って走り、東京駅の見える合流地点をすぎると、右いっぱいにふくらんで、気象庁前の左カーブにそなえた。

ウィーン

パレス・ホテルのあたりでマシーンが最高速度にたっする。それから高速カーブで左に曲がり、気象庁前でさらに左に切りこむ。

ウォン　ウィーン

ギアのシフトもステアリング・ホイールの切りこみも、今は無意識のうちにおこなっていた。彼は速く走ること、ただそれだけを考えていた。

千鳥ヶ淵の交差点に向けてブレーキをかけながら正面を見ると、ＴＶ中継車が見えていた。屋根の上でカメラが２台載っており、カメラマンと助手が立っている……。

その手前にあるレーシング・コースを示す赤いコーンの配置が変わっていた。タイム・アタックにはいったマシーンが、オーバースピードで交差点に突っこみ、曲がりきれずにコーンを跳ね飛ばして、反対車線にはみだしたことがわかった。

ギアをシフトダウンしてテールを滑らせ気味に内堀通りにでた時には、逆ハンドルになっていた。

アクセルの踏みでマシーンの方向をコントロールし、ぎりぎりまでセンターラインに寄ってから、平はスライドをとめて加速した。このあたり、レース・スピードで速く走るためには、路面を選ぶ必要があった。彼は記憶と視力を頼りに走行ラインを選んでいた。

このため、イギリス大使館に目を向ける暇はなかった。ルートン・レーシング・チームの世話をしている桜レーシング・チームのマシーンだということは、塗色と競技番号ですぐにわかり、大使館の人たちが平に対しても手を振って声援を送ってくれていると思われた。しかし、平にとってはよいタイムをだすほうが大切であった。

半蔵門交差点でマシーンが２度フワーッと浮いた。平はアクセルを一瞬もどし、マシーンが再び沈みこんだ時にアクセルをジワーッと踏んだ。マシーンはスムーズな加速で三宅坂へと向かっていった。

このカーブを逆バンクに感じるのはオーバー・スピードで進入するからである。一瞬のブレーキングでスピードを抑えた平は、アクセルを踏んでマシーンを積極的に右に流しながら、カーブを曲がっていった。

中央分離帯ぎりぎりでマシーンの流れをとめた平は、国会議事堂前の交差点をめざして、ゆるい右カーブをアクセル全開でくだりながら、遅いマシーンを抜き去った。

〈もう１台……〉

前方を懸命に走るマシーンに、桜田門の交差点で追いつき、彼はカーブを抜けてからの加速でこれをも抜き去った。

そこから祝田橋の交差点までのあいだに、遅いマシーンはなかった。平はぎりぎりまで右に寄って、アクセルを踏みつづけた。

ブレーキング。ギアのシフトダウン。滑りながら左カーブを曲がった平は、マシーンが直線路をまっすぐに向くと、タイヤの滑りを抑えて加速にうつった。エンジンはレッド・ゾーンぎりぎり……。シフトアップ。

〈これでよい……！〉

平はヘルメットの下で満足の笑みを浮かべた。彼はアクセルの踏みを抑え、後続のマシーンの邪魔をしないように、バックミラーに注意しながら、長い直線路を加速しつづけた。

〈99パーセントの出来だ！〉

彼は自分の走りをそう評価していた。彼はこのコースの走り方を完全につかんだと思った。それ以上走りこんでも、マシーンを消耗（しょうもう）させるだけで、タイムの向上は望めないと判断した。

平のタイム・アタックは終わった。わずか１周であったが、それでじゅうぶんであった。

4

平雷太はバックミラーで後続のクルマに注意しながら、コースの右側に寄って走り続けた。

左カーブばかりのこのコースで遅いクルマが右に寄って走れば、タイム・アタックをしているマシーンが抜いていく時に、右いっぱいに寄ることができないという不利益はあるものの、遅いクルマが速いクルマの走行ラインに不意に入りこんでくる恐れがないので、限界の走行ができる……。

〈……！〉

平は緊張した。

前方にクレーンが動いていた。

このコースは首都高速道路の入口から千鳥ヶ淵交差点までのあいだを別とすれば、すべて中央分離帯がある。

そしてレース走行に使わない反対車線に大きなクレーン車が待機しており、クラッシュして動けなくなったクルマを、走行中のマシーンの邪魔にならないように、すばやく移動するようになっていた。

気象庁前の交差点で、その大型クレーンのアームが動いているのが見えた。

〈タイム・アタック中でなくてよかった！〉

平は思った。

近づくと、濃緑色のマシーンのロールバーにフックをかけて、クレーンがマシーンを吊るして、宙を移動させているところであった。

〈ダービー・レーシング・チームのマシーンだ〉

平にはすぐにわかった。

中央分離帯の向こうにドライバーの姿がみえていたが、ヘルメットをかぶっていたので顔は見えなかった。ダービー・レーシング・チームのメンバーとは、ホテルで顔を合わせていた。

〈気の毒に。もしまだよいタイムをだしてないのなら、午後の公式予選のタイムでグリッドに並ぶことになるから、順位がかなりおちてしまう〉

平は思った。

ヘルメット姿のドライバーが平に手を振った。平は短くホーンを鳴らして手を振った。

〈手を振るだけの元気があるところをみると、マシーンの損傷はたいしたことがないらしい〉

クレーンに吊るされたマシーンは片側しか見えなかったので、どのていど傷ついているのかわからなかったが、ドライバーの態度から平はそう思った。

竹橋からの狭い区間を走りぬけ、イギリス大使館の前を走りながら、平は今度は大使館の方をみる余裕があった。

反対側の車道は危険防止のために立入禁止となっており、歩道には見物人がぎっしり立っていた。

大使館の門の内側にいるのは大使館の関係者であろう。平に対する手の振り方が歩道にいる見物人よりも激しいのは、桜レーシング・チームがルートン・レーシング・チームの面倒をみていることを知っているからであろう。

平は手を振ってそれに応えた。イギリス大使館はたちまち見えなくなった。

彼はバックミラーで後ろをみながら、中央分離帯との間隔をじゅうぶんにとって走った。

桜田門の交差点で『ＰＩＴ』という文字と右向きの矢印にしたがって、中央分離帯の右側に移った。ここからは安心してスピードをおとすことができる。祝田橋の交差点にも『ＰＩＴ』という文字と今度は左向きの矢印がでていた。ここを左に曲がり、内堀通りをほんの少し走り、ふたたび『ＰＩＴ』という文字と右向きの矢印にしたがって右に曲がると、前方の左側にトランスポーターやワゴンが見えていた。
　ピット・ロードをゆっくり走っていると、桜のマークを描いたボードをもって、岸が立っているのが見えた。平はゆっくりステアリングをきって、岸の前にマシーンを停めた。
「お疲れさん」
　ボードをマシーンに立てかけて、岸がコクピットの脇にきた。
「タイムはどう？」
　ベルトをはずしながら、平が尋ねた。
「ばっちり。２番手のタイム。トップはルートンのキドナーさん」
「ボクのタイムはいくつ？」
「１分56秒35。惜しいところで“トン”にはならなかったけど、これでじゅうぶん」
“トン”というのは時速１００マイルのことである。平の平均速度は時速160.83キロで、時速100マイルである時速160.93キロにあと一歩のところで達しなかった。
「ジャン‐スコットのタイムは？」
「１分56秒30。さっき１度ピットに入ってきたけど、またすぐに出ていったのは、あと100分の２秒で“トン”になるから、もう１度タイム・アタックをするのだと思うって、城井さんがいってました」
「イギリス人にとっては、100マイルってキリのよい数字だからね」
　コクピットから降りた平はまず手袋をとり、ヘルメットをぬいでマシーンの上に置き、フェイス・マスクをぬいだ。
「タイム・アタックはこれでお終い？」
　岸が尋ねた。
「そのつもり。スペアカーがないから、ムリしないでおこうと思うんだ。今のところ最前列なのだから、ポールポジションをとったからといって、それほどのメリットはないし……。他の人たちのタイムがどんどんよくなって、２列目、３列目になれば別でだけど」
「そうだね。クルマが壊れると、修理してもセッティングに使える時間が、明日のフリー・プラクティスしかないから」
　岸が同意した。
「ダービーのマシーンがクラッシュしてたよ。たいしたことはないようだけど……」
「それで、動きがあわただしかったのか……。で、ドライバーはだれ？」
　岸が尋ねた。
「わからない。クラッシュしたマシーンのそばにいたドライバーが、ヘルメットをかぶったままだったので、顔は見えなかったけど、こっちを見て手を振っていた」

「午後の予選走行までに修理できればいいが……」
ライバル・チームとはいえ、同じホテルに泊まって顔見知りであるだけに、岸も気にしていた。
「城井さんは？」
「敵情視察にいってくるって。用があったら電話してくれって」
「ボクも着替えて、他のチームの様子を見てこよう。マシーンの調子は最高だし、午後もこのままちょこっと走るだけだから、マシーンはもういじらなくていいよ。岸さんも他のチームの様子を見にいったらどう？　外国のチームの動きなどで、勉強になることがあるかもしれないから」
平がいうと、岸が、
「うん、そうさせてもらおう」
と言って、
「おーい、原田、中山……」
と、若いメカニック見習いを呼んだ。
「はい、何かご用ですか」
「このマシーンを掃除しておいてくれ。私は外国のチームの様子をみにいってくる」
岸が指示した。
「はい、ボディーを掃除しておきます」
若い２人が元気よく答えた。
平が岸に、
「ちょっと着替えてくる」
といって、ヘルメットをもってワゴンに向かった。

5

平がワゴンの中で着替えているあいだに、ルートン・レーシング・チームのジャン - スコット・キドナーがピットにはいってきた。
彼はエンジンをとめた。それからゆっくりベルトをはずしてコクピットから降りた。
「いいタイムだ。暫定ポール・ポジションだ」
監督兼メカニックのウィルソンが、キドナーの肩を叩いて祝福した。
ヘルメットをぬぎ、フェイス・マスクをとったキドナーは、笑顔をみせていた。
「タイム・アタックはこれでお終いにします。うっかりクルマを傷つけると、修理がたいへんですから」
「ああ、そうしてくれ。ボディー・カウルは予備をもってきていないからな」
ウィルソンがいった。
「着替えてきます」

キドナーがいって、桜レーシング・チームのワゴンに向かった。キドナーがワゴンまでいくと、ちょうど平がドアを開けて出てきたところであった。

「やあ、君もタイム・アタックはお終い？」

チーム・ウエアに着替えた平をみて、キドナーがいった。

「クラッシュすると修理がたいへんだから、もうタイム・アタックは終わりだ。午後の予選も暖機走行をトップで走りだして、お付き合いで１周するだけ」

「それがベストだよ。午後の予選でいくら速いタイムを記録しても、グリッドの順位は変わらないのだから」

「これからどうするの？　ボクはメカニックの岸さんと、他のチームの様子を見てくるつもりだけど……」

「ボクもそうしよう。どこかで会うだろう。先にいってて」

「それじゃ……」

平がワゴンを離れて、キドナーがワゴンに乗りこんだ。

平はピットで待っていた岸といっしょに、ピット・エリアを歩きだした。

「ダービー・レーシング・チームのマシーンは、午後の予選までになおるかね？」

同じホテルに泊まっている顔見知りのチームだけに、岸は気にしていた。

「ちょっと見ていこう」

平も同じ気持であった。ここまできて予選落ちでは、あまりにも気の毒であった。

ダービー・レーシング・チームのピットにいくと、ドライバーのトーマス・ハモンドが暗い顔をして椅子に座っていた。もう１人のドライバー、ジョン・バーネットは予選を走っているらしく、姿がみえなかった。

「やあ……」

平が声をかけた。

「やあ。やっちゃったよ。見たでしょう……」

ハモンドは元気のない声でいった。

「元気をだしなよ。予選走行が終われば、マシーンがすぐに運ばれてくるから、午後の予選には修理がじゅうぶん間に合うよ」

平がいうと、ハモンドが、

「だけど、修理する時間が１時間半しかないんだ」

と、悲観的であった。

「どうして？　どこが壊れたの？　１時間半あれば、たいていのところは修理できるよ」

岸がいうと、ハモンドは、

「うちのチームには本職のメカニックがいないんだ。監督のヒューストンさんはメカはからきしダメですし、メカニックという肩書できているレイド・フォンテスは、じつはスポンサーの息子で、ホイール交換がやっとという腕前なんだ。あれだけ壊れたのでは、ボクにはとても修理なんぞできないし……」

と、いっそうおちこんだ。

「心配するなよ。オレ、メカニック。もし君が希望するなら、修理してやるよ。腕は抜群。幸いうちのドライバーの平はクルマを壊さないで戻ってきたから、オレはあんたのマシーンを修理する時間をとれるんだ」

岸がいうと、ハモンドの顔が輝いた。

「ほんとう？　修理してもらえるの？」

「君は本レースを走るために日本まできた。走らないで帰したら日本のメカニックの恥」

「ありがとう……！」

ハモンドの目に涙が浮かんでいた。

「さあ、元気をだせよ。ボクのマシーンを担当してくれるミスター・キシは、日本一のメカニックなんだ。サスペンションの１つや２つ、すぐに交換して、みごとなセッティングにしてくれるよ」

平がハモンドの肩に手を置いて励ました。

「うん、元気だすよ」

ハモンドが平を見上げて弱々しく微笑んだ。

平は腕時計をみた。もう 11 時であった。

「敵情視察は中止だね。岸さんはここにいてやってよ。工具の確認やなにやら、やっておく必要があるだろうから。ボクはピットに戻って、中山に弁当を買ってこさせる。クルマが届いたら、岸さんはすぐに作業だよね。それまでに間に合うかどうか……」

「悪いなあ、手間をかけさせて……」

岸が恐縮した。

「ところで、ダービー・チームの面倒をみるはずの、富士レーシングは何してるんだろうね？」

平はやや不満げな表情で周囲を見回した。富士レーシング・チームのメンバーはピットに１人もおらず、マシーンもなかった。

「富士レーシング・チームの人たちは、どこにいるの？」

平がハモンドに尋ねた。

「２台ともフリー・プラクティスでエンジンを壊したので、あっちでエンジンの積み換えをしている……」

ハモンドが楠正成（くすのきまさしげ）の銅像の方を指さして答えた。

「なるほど、それじゃ、ダービー・チームにまで手が廻らないはずだ」

納得して平は自分のピットに向かった。

「よう、ライター、どこへいく？」
チーム・ウエアのブレザーに着替えたキドナーが歩いてきて、平の姿をみると尋ねた。
「メカニックの岸さんの昼食の手配をするために、ピットに戻るんだ」
「どうして？」
「ダービー・チームのマシーンがクラッシュしたのは知ってるだろう？　軽かったけど。ボクは急ぐから、あとはダービー・チームで事情をきいてよ」
「わかった。ダービーにいってみる」
キドナーの返事を背中にきいて、平は自分のピットに急いだ。
「中山、急いで弁当を買ってきてくれ」
「もうお昼なんですか？」
「適当に見繕って５つか６つ。急いでくれ」
「わかりました」
「早くいってくれ」
「あの……」
「なんだ？」
「お金を……」
「わかった。これで買ってきてくれ」
平は財布から紙幣を抜きだして、中山に渡した。
「急いでくれ。クラッシュしたマシーンが届く前に、岸さんに食事をさせておきたいんだ」
「なんだかわかりませんが、わかりました」
中山がお金をポケットにいれて走りだした。土曜日とはいえ、有楽町あたりまでひとっ走りすれば、昼食の持ち帰り弁当を買うことができる。
中山を見送った平は、原田に、
「中山が弁当を買って戻ってきたら、ダービー・レーシング・チームのピットまで届けてくれ。岸さんがいるはずだから」
といって、ゆっくり歩きはじめた。

6

平がダービー・レーシング・チームのピットにいくと、クルマを壊したドライバーのトーマス・ハモンドの隣の椅子に、岸が腰かけて話をしていた。そのそばにキドナーが立っていた。
「昼食の弁当を買いに、中山にいってもらったよ。20分くらいかかるだろうから、食べる時間があるかどうか……」
腕時計をみて、平が岸にいった。

「大丈夫。一流メカニックは飯を食うのが速いことも条件なんだから……」
　岸はそういって胸を叩いた。
「なんの話？」
　キドナーが尋ねた。
「ミスター・キシのためにボックス・ランチを買いにやったんだ。ところが食べる時間がとれるかどうか……」
　平がそこまで説明すると、岸が、
「一流メカニックは仕事もはやいけど、飯を食うのもはやいから心配するなといったんだ」
　と説明した。
　キドナーが、
「女にも手がはやい……」
　と、まぜっかえした。そして、
「そうだ、女といえば、スクデリーア・ロンバルディアのあの監督、どうしているだろう？」
「マリノーニ監督ね。見にいこう。岸さん、いっしょにいく？」
　と、平。
「いや、私はハモンドさんといっしょにここにいるよ。そのほうが彼も気持がおちつくだろうから」
「それじゃ、いってくる。おい、ジャン - スコット、いこう」
　平がキドナーをうながして、歩きだした。

　そのスクデリーア・ロンバルディアのピットでは、マシーンが走っているらしく、ピットは空っぽであった。
「サインを出しにいってるのだろう」
　キドナーがいった。
　スタート／フィニッシュ地点のある内堀通りの反対車線がレース走行に使われていないので、各チームの監督たちがそこにいってタイムを測定し、中央分離帯越しにサインボードをだす。
　タイムの測定は、各チームがストップウォッチでおこなわなくても、携帯電話の画面で見るか、あるいは携帯電話と接続したブック・パソコンによって、主催者が測定したタイムが瞬時に入手できるが、ドライバーに対してサインボードをだすためには、コースの脇までいかなくてはならない。
　マシーンを整備するピットと遠いのが難点であるが、公道サーキットなので仕方がない。マシーンとピットとのコミュニケーションが電子化されていなかった頃、ルマンのサイン・ピットがミュルサンヌ・コーナーを曲がってすぐの右側にあったが、そんなようなものである。
平とキドナーがコースのほうへと歩きかけたとき、向こうから歩いてきたのが、スクデリーア・ロンバルディアのマリノーニ監督であった。
「ハーイ、シニョール・マリノーニ。元気?」
キドナーが陽気に声をかけた。
「ブオン・ジョールノ」
マリノーニが陽気に答えて、
「私は元気なんですけど、エンジンがもうひとつ元気がないので、困っているんですよ」
といった。
「エンジンを放ったらかしてヨシワラなんぞにいくからだよ」
キドナーがいうと、マリノーニが、
「いや、昨日は筑波で夕食をとって、遅くなってから帰ったので、ヨシワラにはいってません。あ、それが原因です。今晩、さっそくヨシワラの観音様にお参りにいってきます」
「観音様は浅草じゃないの?」
平が訂正すると、マリノーニは、
「八田さんはヨシワラの観音様のご開帳といっていたけど……」
と不思議そうな顔をした。
「エンジンは昨日は調子よく回っていた?」
平が話題を変えて尋ねた。
「ええ、イタリアで走った時と、昨日、筑波で走った時は調子がよかったのだが……」
マリノーニが答えた。
「それじゃ、点火系統の電気回路だろう。昨日は午後から雨が降っていたから、そのせいだろう。スプレー式の薬品を吹きつければ、かんたんになおるかもしれない」
平がいうと、マリノーニが、
「でも、どうして日本のクルマは調子が悪くならないんだ?」
「日本は湿気が多いから、日本のクルマの湿気対策はヨーロッパのクルマよりよくできているんだ。そのせいだと思うよ」
「なるほど。やってみよう」
マリノーニは納得したようであった。
話をしながらスクデリーア・ロンバルディアのピットに戻ると、ちょうどマシーンが戻ってきたところであった。プラグに火花が飛ばなくなることがあるらしく、排気音が澄んでいない。
マリノーニがピットの工具箱からスプレーを取り出した。

「あれ、もう残りがこんなに少ない」
「和光レーシング・チームが持っていると思うよ。きいてごらんなさいな」
平はそういってその場を離れた。

7

平雷太とジャン - スコット・キドナーが他のチームの様子をみて、自分たちのピットに戻りながら、スクデリーア・ロンバルディアのピットをのぞくと、マリノーニ監督が、
「ハーイ、シニョール・タイラ。あなたのおかげでミスファイアがぴたりととまりました。ありがとう。グラツィエ！」
と、にこにこしていた。
ピットにマシーンの姿はなかった。もう時間がぎりぎりであったが、最後のタイム・アタックに出ていったのである。
「それはよかった。それじゃ、また」
平がいきかけると、マリノーニが、
「あなたにお礼がしたいのだが、今夜、夕食パーティーの後に、時間がとれる？」
「パーティーの後は、予定がない。ホテルに帰って寝るだけ」
「私といっしょにヨシワラまでいかないか。お礼にご招待するから」
これには平が驚いた。
「ありがとう。だけど、気持だけで結構。それより、私たちのチームがモンツァにいった時に、チーム全員を豪華な夕食に招待してよ。いついけるかわからないけど……」
「お安いご用。しっかり憶えておくよ」
「それじゃ、また」
平が挨拶して歩きはじめた。キドナーが、
「これでこのスポーツカー・レースがインターナショナルなシリーズになった時、桜レーシング・チームはミラノで豪華な夕食が約束されたことになるね」
といった。
「インターナショナル・シリーズになるといいなあ。そうなったら、イギリスのレースが開催されるサーキットはシルヴァーストーンだろうね」
平がいうと、キドナーが、
「モンツァ、シルヴァーストーン。エンジン性能が勝敗の鍵をにぎるなあ。そうなると、日本製のエンジンを積んだクルマが有利になる……」
「直線路でビューンと抜いて、カーブをヘロヘロッと廻って、というやつかい？」
平が咎めるような目付きでキドナーをみた。
「君は別だよ。でも、ここに 2.5 リッターのエンジンを積んだマシーンが出たらと

いうことを考えてごらんよ。腕の悪いドライバーが乗って、直線路でビューンと抜いていって、カーブでヘロヘロッと走られたら、予選で同じラップ・タイムをだせる2リッター車のドライバーには、手も足もでないぜ」
「わかるなあ、その気持……」
平が同意した。
ダービー・レーシング・チームのピットに戻ってみると、中山が買ってきた持ちかえり弁当を原田が届けにきたところであった。
「やあ、弁当を手配してもらったおかげで、なんとか昼飯を食べられそうだ。ありがとう」
岸がうれしそうにいって、椅子からたつと椅子の上に弁当を並べた。そして1つを選んでから、平に尋ねた。
「残りはどうするの?」
「ハモンドさんも今のうちに食べておく方がいい。残りは富士レーシング・チームのメカニックたちに差し入れ。さ、トーマス、ランチを選んで……。ミスター・キシが修理作業をはじめたら、あんたも手伝いだ。ランチを食べている時間がなくなるぞ」
「ありがとう」
ハモンドが弁当を選んだ。
平が残りの弁当をビニール袋にいれて、
「富士レーシングのメカたちに渡してくるね」
と、弁当をもって歩きだした。彼はエンジンの積み換えをしている富士レーシング・チームのメカニックたちに、
「弁当を買ってきたから、手が空いたら食べてよ。それから、ダービー・チームの事故ったマシーンは、差し出がましいとは思ったけど、桜レーシング・チームのメカニックの岸が修理の手伝いをしているんだ」
「ありがとう。今日は昼飯抜きだなって話してたところなんだ。ダービーのマシーンも事故ったらしいし、手が足りなくて困ったなと思っていたんだ。腕のよい岸さんがやってくださるのなら安心だ」
監督の児玉がオイルで汚れた手を振りまわしながら感謝の意をあらわした。そして、
「ただ、岸さんが手を加えると、ダービーのマシーンが一番速くなるんじゃないかって、心配があるけどね」
「あ、そのことなら大丈夫。いくら速いタイムをだしても、午後のセッションのタイムだと、グリッドの後ろに並ぶはずだから」
「助かったよ。ありがとう」
「それじゃ、また」

話をしていた時に、ピット・エリアに電子音が鳴り渡った。午前中の公式予選が終わったのである。

「さあ、ダービー・チームのマシーンを運んでくるぞ。あまり壊れていなければいいが……」

いっしょにいたキドナーがいった。同じイギリス人なので、心配なのであろう。

「いってみよう」

8

ダービー・レーシング・チームのマシーンがトラックで運ばれてきたのは、それから５分ほどたってのからであった。ピット・ロードに降ろされたハモンドのマシーンは、ボディーの右前の隅が壊れており、右前輪のサスペンションが曲がっていた。そしてボディーがタイヤに食いこんで、走れない状態になっていた。

「１時間半か……。ちときびしいぞ」

マシーンを点検した岸がいった。

ハモンドが心配そうな顔で見守っていた。

「きびしいって、そんなに時間がかかるの？」

平が尋ねた。

「サスペンションのアームが曲がっている。これを交換するのに１時間はかかる。それからボディーを修理すると、接着剤が固まりきらないうちに走って、風圧で力がかかる……」

「ボディーのほうは、ボクがやろうか？　破片をつなぎあわせてテープでとめて、アロンアルファをたらしてくっつけて、そのあとでエポキシ樹脂を塗りこむのでいいんだろう？」

平がいった。平はガレージでの修理をみていたので、手順は理解していた。

「やってもらえると助かる」

「じゃ、やろう。まず、ピンを抜いてフロントのボディーカウルを外そう」

「私も手伝おう」

キドナーがいった。

「壊れた部分を触るときには、手袋をしてくれ。手にガラス片が刺さると面倒だから」

岸がいった。ＦＲＰはガラス繊維をプラスチックで固めたものである。壊れた部分からガラス繊維がはみ出しており、素手でつかむと手にガラス繊維が刺さる危険があった。

平とキドナーがフロントのボディーカウルを外して離れたところに置き、２人は壊れた場所をじっと眺めた。

「トーマス、カウルの破片をこっちにもってきてくれ」

キドナーがハモンドに指示した。

幸いなことに、ボディーカウルが壊れてはずれた部分も、係員がトラックに載せて運んできてくれたので、ジグソーパズルのようではあったが、大きな欠品はなかった。

「まず形を整えよう。それからテープでとめて、アロンアルファをたらす。やったことある？」

平が尋ねた。

「いや、こういうのは初めてだ」

「ボクも初めてなんだ。ま、いいか……」

平は壊れていない左側の部分の形状をよく観察した。右側の壊れた部分をそれと同じようになおせばよいのである。

「テープと接着剤をもってこよう」

「いっしょにいこうか？」

「いや、１人でじゅうぶん。そこで待ってて」

平は桜レーシング・チームのピットにいって、工具箱からビニール・テープとアロンアルファの入った箱を出した。それからエポキシ樹脂のチューブとプラスチックの板とヘラをだした。

「そうか、手袋か……」

岸の忠告を思いだして、平は新しい軍手を２組とりだした。

「これでよし……。あとはカッター・ナイフとハサミでいい」

それだけもつと、彼はダービー・レーシング・チームのピットに向かった。

9

「さあ、手早くやってしまおう。グズグズしていると接着剤が固まらないうちに走ることになるから」

軍手をキドナーに渡すと、平はカッター・ナイフとハサミとテープを置いていった。

「うまく付いてくれるかね？」

キドナーがいった。

「付くと信じて作業をするんだ。そこを押さえていてくれ」

２人は外れていた破片をはめこみながら、ボディーカウルの壊れた部分の形を整え、ビニール・テープで押さえて動かないようにした。

凹面になった内側は幅広のテープをそのまま貼ったが、凸面になった外側はテープを細く切って貼り、アロンアルファをボディーカウルにしみこませやすいようにした。

「さて、うまく付いてくれるように祈ってくれ」

いいながら、平が新しいアロンアルファの封をきり、テープの間からボディーカウルの隙間に流しこんだ。瞬間接着。
「さて、エポキシ樹脂を混ぜてくれないか」
「いいとも」
キドナーがプラスチックのトレイのうえに、エポキシ接着剤をチューブから絞りだした。２つのチューブをすっかり絞りだすと、ヘラでよく混ぜる。
そのあいだに平がボディーカウルの内側のテープをそっと剥がした。
「うん、うまくついている」
彼は満足の笑みを浮かべた。そして、キドナーから受け取ったエポキシ接着剤を、破片の合わせ目に塗りこんだ。
根気のいる仕事であった。しかもボディーカウルの内側は凹面になっているので、作業がしにくい。身体を捻って少しずつしかも手早く塗りこんでいく平の作業の手際のよさは、見よう見まねの作業とは思えないものであった。
平はボディーカウルの内側の傷口に接着剤を塗りこむと、トレイとヘラをキドナーに渡した。
「外側はキミがやってくれ。疲れた……」
「いいとも」
キドナーがトレイとヘラを受け取った。それをいったん地面に置いて、ボディーカウルの表面から粘着テープを静かに剥がす。それが終わってから、彼は接着剤のトレイとヘラをとりあげた。
「力を入れすぎないように。まだアロンアルファだけの接着力だから。合わせ目の奥に入るように塗りこむんだ。しかも手早く。30分で硬化するやつだから」
「わかった。むずかしいけど、なんとかやるよ。うまく固まってトーマスがちゃんと走れるように」
キドナーがボディーカウルの外側の合わせ目に混合した接着剤を塗りこみはじめた。粘度の高い水飴のような接着剤であり、時間とともに化学反応によって硬化する。
硬化時間はいろいろあり、１昼夜放置する必要のあるものもある。硬化時間の一番短い30分ものを持ってきているのは、レースでは整備も時間との競争だからである。
キドナーの作業ぶりを見ていた平は安心した。
「ずいぶん上手いね。昔は自分のマシーンを自分で整備したの？」
「誰だってそうだろう。初めはお金がなくて、自分でマシーンを組み立てたり整備したりするんだ。こういうのは初めてだけどね」
キドナーが答えた。答えながらも作業の手は動きつづけていた。
平が岸のほうをみると、岸はハモンドに手伝わせて、サスペンション・アームを取り外していた。アームの１本が曲がり、もう１本が折れていた。これを取り外して、新しいアームを取り付けるのである。

「ホイールが歪んでいるぞ。このホイールはもう使えない。ちゃんとしたホイールを付けておくから、予選でタイヤを減らさないようにしろ」

「はい。午後の予選と本レースと、右フロント・タイヤはこれ１本しかないのですね」

「そうだ。それを忘れるな」

ぶっきらぼうな英語であったが、ダメかと思ったマシーンを修理してくれる心と、手際のよい仕事ぶりに圧倒されて、ハモンドが神妙にうなずいた。

平はキドナーに、

「ボクたちも昼食をとりそこなうね。弁当を買ってこさせよう」

「弁当って、さっきの？」

「あまり気がすすまないようだね」

いいながら平は、中山が買ってきた弁当が和食のものばかりであったことに気がついた。

「うん。ああいうのは、できれば食べたくないなあ。どうせ午後の予選はウォーミングアップの１周だけ走ってお終いだから、それから何かを食べにいけばいいだろう」

「そうしようか。しかし、空き腹で走るのはよくないぜ。サンドイッチなら食べる？」

「サンドイッチなら食べたいな」

キドナーの返事をきいて、平は、

「それじゃ、買ってこさせよう。飲み物はミルクでいいかい？」

「あと、コカ・コーラがあれば、ありがたい」

「おーい、中山、原田」

平が呼んだ。

「はい、なんでしょう？」

「ボクたちも食事にいく時間がなくなってしまった。２度手間で悪いが、サンドイッチを買ってきてくれ。キドナーさんが食べるのだから、なるべく和食でないやつ。ボクのぶんも頼む。あんたたちのぶんも買っておきたまえ」

「はい、いってきます」

「あ、ミルクとコカ・コーラを買ってきてくれ。ミルクはパックのやつがいい」

平がそういって、紙幣を渡した。

10

キドナーがボディ・カウルの外側からエポキシ接着剤を塗りこむ作業を終わり、手を洗ったところに、桜レーシング・チームの見習いメカニックたちがサンドイッチとミルクとコカ・コーラを届けにきた。

「あと30分か。とにかく食べられそうなものを選んで食べておきなよ」
平がサンドイッチの包みを椅子の上に並べて、キドナーにいった。
「これがよさそうだ……」
キドナーは、安っぽいハムサンドを選んだ。そして包みをあけてひとつを口にいれた。
「うん。なかなかいい……」
キドナーはそういうと、包みをもって立ち上がった。
「ハモンドに食べさせてくるよ。あいつもほとんど食べてないし、ボクたちは主催者の顔をたてるためにウォーミングアップを走るだけでいいけど、あいつはタイム・アタックをするのだから、食べて元気をつけさせておかなくちゃ……」
〈やさしい奴だ……〉
平はキドナーの後ろ姿を見送った。
ハモンドは自分のマシーンを修理してくれる岸の手伝いをしていた。キドナーがその脇にいって、サンドイッチをハモンドの口にいれてやっていた。ハモンドの手がオイルで汚れていたからである。
平はミルクのパックをもって側にいき、パックにストローを突きさして渡した。
「これなら手が汚れていても飲めるだろう」
「ありがとう……」
ハモンドは涙声であった。
「どう、岸さん、直りそう？」
平が尋ねた。
「とにかく直すのさ。あとこれを取り付ければ走れる。ただ、セッティングがどうなっているかは、走ってみないことにはわからない……」
岸がいって、
「ボディー・カウルの修理はできた？」
「うん。なんとか形がついた。空力的にもそんなに狂ってはいないはずだ。あとは接着剤がちゃんと固まってくれることを祈るだけだ」
「それならいい。トーマス、これで組みおわったら、ウォーミングアップで走って、すぐにピットにはいっておいで。1周のあいだにセッティングを感じとってくれれば、ピットですぐに修正するから」
「はい……」
「2回の修正で満足できるようになるか、3回必要か、それは走ってみなければわからないが……」
「はい、何度でも走ります」
「ただ心配なのは、オレの英語の能力だ。君がこうしてほしいといっても、私にちゃんと理解できるかどうか、それが心配なんだ」

岸がいうと、平が、
「ジャン-スコット、あんた手伝ってくれよ。ハモンドさんがいっていることを、ボクたちにわかる英語に言い換えて伝えてくれ」
というと、キドナーが不思議そうな顔をして、
「そりゃいいけど、なぜだい？　ボクが喋るのも英語なんだよ……」
「わかってるよ。でも、君はボクたちとずいぶん喋ったから、ボクたちの英語がどういうふうに偏っているかが、かなりわかっていると思うんだ。だから……」
「わかった。要は君たちのわかりやすいように、言い換えればいいんだね」
「そう、やってくれるね？」
「もちろん、喜んで手伝うよ」
キドナーが答えた。
「よし､取り付け完了。トーマス､ホイールを取り付けろ。それが終わったら､ジャッキを使って支えを外してくれ。マシーンをピット・ロードに置いて、ホイールアラインメントをみるから」
岸がいった。
「はい」
ハモンドが元気よく答えて、ピットに積んであったホイールを運んできた。
「フロント・ライトと書いてあるな」
「はい、ＦＲ、間違いありません」
「よし、じゃ、自分で取り付けろ」
「はい、ホイールを取り付けます」
ハモンドが右前輪のホイールを取り付けているのをみながら、キドナーが平に、
「ウォーミングアップ走行をしたら､すぐに昼食にいこうと思ったけど､ダメになったね」
といって、ウインクした。
「ま、いいさ。予選はたった１時間だもの。つきあってやろうよ」
平がいった。
「そうだ。それからホイール・レンチを持ったついでに、他のホイールのナットも増し締めしておけ」
岸がハモンドに命令している声が聞こえた。

11

午後１時。
ピット・エリアに電子音が鳴り渡った。
２回目の公式予選が開始する合図であった。
すでに身支度をしてエンジンのウォームアップをすませていた平雷太とジャン-

スコット・キドナーが、ウィルソンと城井の指示で走りだした。

ダービー・レーシング・チームのピットの脇を平が通りすぎようとすると、そこにいた岸が手をあげた。それに気がついたハモンドが、バックミラーで平のマシーンを確認して手を上げた。

〈あーあ、専属メカニックの岸さんをトーマスに取られてしまった……〉

平が心のなかでにこにことボヤいた。

彼はウォーミングアップの１周を走るだけで、タイム・アタックはしないつもりである。

ムダを承知で走るのは、午後の予選を走るクルマが少ないと、見物人が退屈するからという理由と、レースを少しでも賑やかにしたいという主催者の意向と、レースのスポンサーになってくれた携帯電話会社の意向を尊重してのことである。

そして、コースを１周するだけで走行をやめるのは、タイム・アタックをするクルマの邪魔をしたくないことと、それ以上に貰い事故を避けたいからであった。

平が走る後ろから、チームメイトの土佐が走り、その後ろからルートン・レーシング・チームのキドナーとハンドレーが続いていた。そのすぐ後ろに、修理はしたが目見当のセッティングで、ダービー・レーシング・チームのトーマス・ハモンドがついてきた。

ピット・ロードから本コースにでると、平はアクセルを踏みこんだ。エンジンの回転をレッドゾーンの1500回転ほど手前まで回すと、彼はシフトアップした。エンジンを酷使したくなかったし、タイヤも暖まっていない状態であった。

〈これは顔見せ。マシーンの調子を確認すればそれでお終い……〉

前を走るマシーンのドライバーは、タイム・アタックをするのであろうか？

気象庁前をすぎ、竹橋をすぎ、千鳥ヶ淵交差点を曲がると、平は右いっぱいに寄って走りながら、イギリス大使館に向かって手を振った。

桜レーシング・チームの２台が、４台のイギリス車を先導していた。ルートン・レーシング・チームのジャン-スコット・キドナーとヘンリー・ハンドレー、そしてダービー・レーシング・チームのトーマス・ハモンドとジョン・バーネットが走っていた。その後ろから、富士レーシング・チームの２台が走っていた。

大使館の門の内側にいた人たちが大きく手を振っていた。

平のバックミラーにチラチラとマシーンが動いていた。目見当のセッティングで走っているハモンドが、マシーンを感じとろうとして蛇行しているのであった。

〈うまくセッティングが決まればいいが……〉

平は思った。

半蔵門、三宅坂と走り、桜田門の交差点までくると、平は矢印と『ＰＩＴ』という文字にしたがって、中央分離帯の右側にはいった。土佐もキドナーもハンドレーも、そしてハモンドも平に続いた。

余裕をもったブレーキングで祝田橋の交差点を左に曲がると、再び右に曲がってピットへの進入路となる。平はスピードをおとした。
午後の走行はお終いである。
城井がピット前に立っていた。平は自分のピットにマシーンを駐めてエンジンをきった。その横をキドナーとハンドレーが走りぬけてすぐ先のピットに駐まり、それをハモンドのマシーンがゆっくり抜いていった。
平はベルトを外してコクピットから降りた。ヘルメットをぬぎ、
「さ、通訳にいってこよう」
と、手袋とフェイス・マスクをとって、マシーンの上に置いた。
「頼んだよ。あんたとキドナーさんがいれば、なんとかなるだろう」
城井がにこやかに平を見送った。

平はレーシング・スーツを脱ぐ時間も惜しんで、隣のルートン・レーシング・チームのピットでキドナーを誘うと、ダービー・レーシング・チームのピットへと急いだ。
思ったとおり、ハモンドと岸は英語での意志疎通に困難を感じていた。
予選の1時間のうちによいタイムをだして本レースに出場したいと思っているハモンドが、早口の英語でクルマの症状をまくしたてていた。岸にはその英語が理解できなかった。聞きとることさえむずかしかった。ハモンドは焦り、いっそう早口に喋っていた。
「おい、お手上げだよ。助けてくれよ」
平とキドナーが近づくのをみて、岸が両腕を拡げてみせた。
「ジャン - スコット、君がハモンドさんのいいたいことを聞いてくれ。それから、わかりやすい表現で岸さんとボクに説明してくれ」
平がいうと、キドナーがうなずいた。
「よーし、トーマス、どんな状態なのか、ボクに話してみろ」
ハモンドの肩に手をおいて、キドナーがいった。キドナーを見上げたハモンドが、機関銃のように喋りはじめた。かなり英語の達者な日本人でも聞きとれないだろうと思われるスピードであった。
「わかった。ボクが岸さんに説明するから……」
キドナーがいって、岸のほうを向いた。
「要するに、直進性が極端に悪いんだって。怖くて乗っていられないほどだと……」
キドナーも英語で話しているのであるが、おちついて要点だけを話すので、岸にも平にも彼の英語はよく理解できた。
「ジャン - スコット、どんな症状か、もう少し詳しくきいてくれないか？」
キドナーがハモンドに尋ね、ハモンドがまた機関銃的に喋った。それを聞きおえ

ると、キドナーが、
「ステアリングの遊びが大きいような症状だって。少しぐらいステアリングをきったのではマシーンの向きがまったく変化せずに、もう少しきると突然大きく変化するんだって」
「わかった。トーインの調整だ。心配するな、すぐになおるよ、トーマス。さ、フロントのボディー・カウルを外してくれ」
　岸が立ち上がった。ハモンドがにっこりして立ち上がり、フロントのボディー・カウルを外しにかかった。キドナーがそれを手伝った。
　岸はステアリングの遊びが過大でないことを確認してから、マシーンの前方に少し離れてたち、前輪のアライメントを眺めた。
「トーインをあまりつけすぎるといけないと思って控えめに調整しておいたが、不足していたようだ。ガレージなら一発で測定できるのだが……」
　独り言のようにつぶやきながら、岸は工具箱からスパナーをとりだした。
　岸がサスペンションのアライメントを調整しているあいだに、平とキドナーはボディー・カウルを修理した場所を点検した。
「どうやらうまくいったらしい」
「ドライバーをやめても、メカニックとしてやっていけるんじゃないか？」
　キドナーが冗談をいった。
「よし、調整はこれでいい。平さん、ボディー・カウルをくれ」
　いわれて平とキドナーがボディー・カウルをシャシーに取り付けた。しっかり付いたことを岸が確認して、ハモンドに、
「さ、これで走ってみてくれ。怖かったらすぐに戻れ。怖くなかったら、3周してこい。1周でもいいからタイムをだしておくんだ。それから3周目もタイム・アタックのスピードで走って、そのままピットに入ってこい。タイヤ・メーカーの技術者を捜して、タイヤの温度を測ってもらうから」
「はい、わかりました。ありがとうございます」
　落ち着きをとり戻したハモンドが答えて、ヘルメットに手を伸ばした。
　身支度をととのえたハモンドがコクピットに乗りこむと、ベルトを締めるのをキドナーが手伝った。
「ミスター・ヒューストン、タイヤ・エンジニアを捜してくれ。できればダンロップの人がいいが、見つからなければどこのメーカーの人でもいい。ミスター・ハモンドのタイヤの温度を測定してもらうためだ。これはアライメントのセッティングを確認するのに必要だから」
　そばで見ていた監督のヒューストンに、岸がいった。
「はい、すぐに捜してきます。タイヤ温度の測定ですね」
「そう。大事なことだ」

岸の言葉に、ヒューストンがピットから歩きだした。
「エンジン始動！」
キドナーが指示した。
グォン
暖まっていたエンジンがすぐにかかった。岸がピット・ロードをみた。岸がＯＫのサインをだすと、キドナーが大きく腕を振った。
グォーン
ハモンドが走りだした。その後ろ姿を見送って、岸が、
「さあ、今度はうまく走るといいが……。うまくいけば戻ってくるまでに６～７分あるから、着替えてきたらどうだ」
と２人にいった。
「そうするよ。いこう、ジャン-スコット」
平がキドナーをうながして、ダービー・レーシング・チームのピットから自分たちのワゴンへと歩きだした。

12

ピットの近くに駐めたワゴンのなかで手早く着替えをすませた平とキドナーが、ダービー・レーシング・チームのピットにいくと、ハモンドのマシーンはまだ戻っていなかった。
「うまく走れたようだね」
平がいうと、岸が、
「ああ。よく見たらトーインが不足していたんだ。あの位は目見当で調整できなければいけないんだが……」
と、悔しがった。
しかし、このピット・エリアでは条件が悪かった。ピットがずらりと並んでおり、マシーンを置いてずっと離れた前方からタイヤの具合をみることができないのである。
ふたりが着いてすぐに、ヒューストンがダンロップ・タイヤの技術者といっしょにやってきた。
「技術者にきてもらいました。私の言い方が悪いのか、私の意向がよく伝わっていないようなので、説明してやってくれますか」
ヒューストンが岸にいった。
岸が、
「こんにちは。私は別のチームのメカニックなんですが、臨時にここのチームの手伝いをしています。事故った足まわりを修理したのですが、セッティングを確認したいので、マシーンが入ってきたらタイヤの温度分布を測ってくださいな」

「おやすいご用です。で、マシーンはもうすぐピットに入ってくるのですか？」
「そろそろ３周しおわる時間ですから、もう戻る頃です」
岸が腕時計をみていった。
「それでは待たせていただきましょう。ダービー・レーシング・チームのマシーンですね。午前中の予選がはじまってすぐに、気象庁前の交差点でクラッシュした……」
「はい、そうです。イギリス・ダンロップのタイヤを履いています。右前輪の空気が抜けて、ホイールに傷がついています。今は新しいタイヤとホイールを使っています」
「ちょっと見せてください」
「そこに置いてあるのがそうです」
岸がいうとダンロップの技術者がタイヤとホイールを調べた。
「タイヤは大丈夫です。空気が抜けたのは、ホイールが歪んだためです」
「そうですか。いずれにしてもホイールの予備はもっていないようですから……」
話をしているあいだに、ハモンドのマシーンが戻ってきた。ハモンドがエンジンをとめると、
「どう、マシーンの感触は？」
岸が尋ねた。ハモンドが、
「ずいぶん走りやすくなりました。どの位のタイムがでているのでしょうね？」
「その前にタイヤの温度を調べてもらうから」
岸がいう前に、ダンロップの技術者が電子温度計を使って４輪のタイヤの温度を調べはじめた。１本のタイヤでも、外側、中央、内側の３ヵ所の温度を調べるので、４本で 12 ヵ所の温度を調べることになる。
さすがはサーキットにくるプロの技術者であり、彼はたちまち 12 ヵ所の温度を調べた。
そのあいだにハモンドがコクピットから降りた。
「こんな具合です。ずいぶんよく揃っています」
技術者がメモの数値を岸にみせた。
「右の方がやや高いのは、このコースでは仕方がないですね。右カーブは竹橋の先と三宅坂の先の２ヵ所しかないのですから」
「ええ、これでどの位のタイムが出ているのでしょう？」
「ミスター・ヒューストン。ハモンドさんのタイムはどの位？」
「ちょっと待ってください。まだコンピューターを接続してないもので。今すぐやります」
ヒューストンがワゴンからバッグをもってくると、そこからだしたブック・パソコンを椅子の上に置いて携帯電話機を接続した。彼はキーボードを叩いていたが、

「出ました。110％ルールをクリアーするどん尻のタイムです」
　といった。
「110％まで何秒の余裕がある？」
「２秒あります」
「上との差は？」
「０秒038です」
　ヒューストンはそういって、岸たちが見やすいように椅子の前から離れた。
　岸がディスプレイを覗いた。ハモンドも覗きこみ、平とキドナーも覗いた。午前中にキドナーが記録したタイムが最高タイムのままであった。気温が上昇したのでエンジンとタイヤにきつい条件になっていたためである。
「もう１度タイム・アタックをするか、それともこのタイムでスタートするか？」
　ヒューストンがハモンドに尋ねた。
「もっと攻めればあと１秒はタイムを縮められると思います。でもまたミスをしてマシーンを壊すと困りますから、どん尻からのスタートで我慢します」
「そうだな、トップのタイムがこれよりよくなる可能性が少ないのだから、このタイムでも予選通過は間違いない。どん尻からでも明日の本レースに出場する方が大切だ。これでタイムを１秒縮めたところで、１列前にいくだけだから」
　ヒューストンがいって、キドナーと平に、
「あなたたちはもう走らないのでしょう？　これでラップ・タイムを２秒以上縮められると、ハモンドが予選落ちになるので心配なんですが……」
　といった。
「いえ、危険をおかしてタイムを縮めたところで、スタート位置はかわらないのですから、もう走るつもりはありません」
「それで安心」
　ヒューストンが２人に向かって微笑んだ。
「さ、トーマス、着替えてきなさい」
「はい、そうします。ミスター・キシ、ミスター・タイラ、ミスター・キドナー、ありがとうございました。おかげで明日の本レースを走れます」
　ハモンドが丁重にお礼をいって、ワゴンの方へ歩いていった。
「ミスター・キシ、食事にいこう。ディナー・パーティーまで４時間以上あるから、銀座にいってなにか食べてこよう」
　キドナーがいうと、ウィルソンが、
「それでしたら、私たちも連れていってください。あなたがたのおかげで、明日の本レースを走れるようになったのですから、お礼の意味をこめてご招待したいと思います。ただ、どこのレストランがよいのか知りませんので、お店を選ぶのは岸さんか平さんにお願いすることになりますが……」

といった。
「どうする？」
岸が尋ねた。平は英語で、
「いいじゃない、いっしょにいって払ってもらおう。ボクたちどうせ高い店はいかないのだから。なあ、ジャン - スコット」
と、平然といった。
キドナーがうなずいて、
「そんなに高くないレストランでダービー・チームが払えば、彼らも気持が楽になるよ」
といった。

13

「ちょっとＴＶカメラで撮らせてください」
声の方を見ると、このレースを主催する東京レーシング・クラブの事務局員の小暮和人であった。
「やあ、小暮さん、もちろんいいですよ」
平が答えた。
「ハモンドさんが第１回の予選でクラッシュしたマシーンを、あなたのチームの岸さんが修理してあげたと聞いています。そのことを説明してくださいな。これはイギリスのＴＶ局のために撮影しています」
「それなら、キドナーさんに説明させましょう。イギリスのＴＶに出ておけば、次にスポンサーを獲得するのに役に立ちますから」
平はそう言って、キドナーとメカニックの岸を呼んだ。そして、事情を説明すると、キドナーは喜んで解説役をひきうけた。
ハモンドのマシーンのところに、ドライバーのハモンドとメカニックの岸を並べ、インタビュアーとのやりとりで、キドナーがことの顚末（てんまつ）を解説した。その間、ＴＶカメラは背景に皇居が写るようにしていた。
「そして、ボディーカウルの修理は、ライバル・チームのドライバーのミスター・タイラと私、ジャン - スコット・キドナーがおこないました」
キドナーが言って、平もＴＶカメラの前に顔をだすことになった。
「明日の本レースが楽しみです」
インタビュアーが言って、ＴＶカメラの撮影はお終いになった。
「ありがとうございました」
事務局員の小暮和人がお礼を言った。
「日本では東京のど真ん中でレースをしていると、出場しているチームの国のＴＶでＰＲする番組です。日本は震災や津波に負けちゃいない、元気でやっていることを、世界の人たちに見てもらおうという番組です。日本は危険だということで観光客が減っているので、そんなことはないよ、という番組です」
　小暮がそう解説した。

第6章　本レース

1

4月8日（日曜日）。

インペリアル・カップ・スポーツカー・レースの本レースがおこなわれる日である。

桜レーシング・チームのメンバーが、ルートン・レーシング・チームのメンバーといっしょに、朝食をとっていると、富士レーシング・チームとダービー・レーシング・チームのメンバーが、レストランにはいってきた。

「おはようございます」

「グッド・モーニング」

「おはようございます」

ドライバーのトーマス・ハモンドが、岸と平とキドナーのところにやってきた。

「昨日はたいへんありがとうございました。おかげで今日の本レースを走れます」

ハモンドがあらためてお礼をいった。

「いいレースになるといいね」

岸がいった。

「はい。いいレースをします」

ハモンドが胸を張って答えた。

「マシーンのチェックは自分でできるね。ホイール・ナットの締めを確認して、タイヤが冷たいうちに空気圧を調整する」

岸がいうと、

「はい。自分でやります。だんだんわかるようになってきました」

と、嬉しそうにいった。

隣りあったテーブルで朝食をとっていた時、ルートン・チームのウィルソン監督が、

「昨夜のディナー・パーティーで、ジャーナリストだと思うけど、日本人が、ルートン・ダービーといって笑っていたけど、ルートンとダービーといっしょにすると、なにか特別な意味があるの？」

と尋ねた。

「ルートン、ダービー？」

城井が頭をひねった。

「わからないなあ。ジャーナリストならピット・エリアにいけば来ているから、向

こうにいってその人をみたら教えてよ。本人にきいてみるから」

城井がいった。それから、

「ピット・オープンが9時だから、ゆっくりできるよ。昨日手伝ってくれた見習いメカニックの原田さんと中山さんが、今日もきてくれることになっているから、用事があったら遠慮なく使ってくれ」

と、ウィルソンにいった。

「本レースが30周というと、1時間ちょっとで終わるね」

キドナーがいった。

「昼食のことを考えているのだろう。レースが終わったら食べにいこう。ＴＶのための暫定(ざんてい)表彰式があっても、2時には終わるはずだから、今日はランチボックスではなくて、ちゃんとした昼食をとろう」

平がキドナーの顔をみていった。

「それまで何も食べないのだから、今のうちにしっかり食べておくよ」

キドナーはそういって、トーストに手を伸ばした。

2

土曜日の予選走行が終わってから、ルートン・レーシング・チームのマシーンを運んできたトランスポーターを、原田と中山が富士スピードウェイの近くのガレージまで運んでいった。桜レーシング・チームのトランスポーターは、ピット・エリアにあった。

どこのチームもそうであった。外国からの出場車は、本レースが終わると、元の木の枠組みに入れて、運送業者の手で成田空港からそれぞれのチームの本拠地まで送り返すので、もうトランスポーターは要らない。

木の枠組みは土曜日の夕方にそれぞれのピットの近くに届けられていた。マシーンは舗装されたピット・ロードに路上駐車である。スクデリーア・ロンバルディアのマシーンのように、金曜日の午後の雨によって電気系統に湿気がはいり、調子が悪くなったマシーンもあったが、土曜日の夜は快晴であったので、夜露がおりるていどですみ、マシーンが調子を崩す心配はなかった。

いつもは観光バスがずらりと駐車しているこの道路に、土曜日の夜はスポーツ・レーシングカーが並んでおり、警備会社から派遣された6人の警備員が、徹夜で警備にあたっていた。

このおかげで、日曜日の朝9時にそれぞれのレーシング・チームのメンバーがやってきた時、マシーンはどれ1台として傷ついたものはなかった。

桜レーシング・チームとルートン・レーシング・チームのメンバーが、ワゴンと乗用車に分乗して、ダイヤモンド・ホテルからピット・エリアの皇居前広場について、ピットの設営をはじめた時、原田と中山が乗用車でついた。
「おはようございます」
「やあ、おはよう。今日も頼むよ」
「少し前に着いたのですけど、まだ中にはいれなかったので、ぐるぐる廻って待ってました。仕事、なんでもいいつけてください」
２人の見習いメカニックは、骨惜しみせずに働くので、チームとしては頼りになる。
「さっそくだが、ボディーの掃除をしてくれ。たいして汚れてはいないと思うが、大切な本レースだからきれいにしておきたい」
城井がいうと、２人が、
「はい、すぐにやります」
と答えて、トランスポーターに積んでおいたバケツをとりにいった。
ピット・エリアのあちこちでエンジンを回す排気音が聞こえていた。
原田と中山がボディー・カウルを濡れ雑巾で拭いているあいだに、岸と小津がレンチを使ってホイール・ナットの締まり具合を点検し、タイヤの空気圧をチェックした。
それが終わるとコクピットにドライバーが乗りこんで、エンジンを始動した。
ウォン
エンジンは一発でかかった。
〈スクデリーア・ロンバルディアのエンジンは、一発でかかるようになっただろうか？〉
アクセルの踏みでエンジンの回転を調節しながら、平は思った。
前夜は晴れていたので、電気回路に湿気がはいりこむ心配はないはずであった。しかし、乾燥しているヨーロッパからきたチームのマシーンは、湿気対策がじゅうぶんでないものもある。
エンジンが暖まってくると、アクセルの踏みに対するレスポンスが鋭くなった。
〈今日も高回転までぐーんと伸びてくれよ〉
エンジンを暖めながら、平は思った。
ルートン・スポーツに積まれているボクゾールのエンジンが、高回転の伸びこそ劣るものの、軽快な吹けあがりと中回転域でのトルクの強さが印象的であっただけに、それに対抗するには高回転の伸びをいかした走りをすることが大切であると、平は感じていた。
エンジンが暖まったのを確認して、平はエンジンをとめてコクピットから降りた。
「ガソリンはタンクローリーが廻ってきて、入れてくれるのだったね？」
「そうだ。もうそろそろくる頃だ……」
ピット・エリアにガソリン缶を置かないですむように、フリー走行が始まるまえに、ミニ・タンクローリーが廻って、マシーンの燃料タンクに無鉛ハイオクタン・ガソリンをいれていくことになっていた。もちろんノズルの先端はレーシングカーの燃料補給口にあわせたワンタッチ式に付け替えてある。

本レースは30周、156キロにすぎないので、80リッター入りの安全タンクをいっぱいにしておけば、フリー・プラクティスでかなり走りこんでも、本レースでガス欠になる心配はないはずである。そして、フリー・プラクティスをがっちり走りこんだマシーンのために、ピット・ロードの入口に、ミニ・タンクローリーが待機して、ピットにはいる前にガソリンをいれられる手筈になっていた。

「やあ、ガソリンがようやく来たようだ」

ピットにいて仕事ができるのを待っていた原田が、ピット・ロードの入口をみていった。3台のミニ・タンクローリーが、ゆっくり走ってきた。

「それじゃ、ガソリンは岸さんと小津さんにまかせて、平さんと土佐さんは着替えてきて」

城井にいわれて、平と土佐が、

「はい、着替えてきます」

と、ワゴンに向かった。

3

平と土佐がワゴンのなかでレーシング・スーツに着替えおえて外にでると、入れ替わりにキドナーとハンドレーが着替えのためにやってきた。

「エンジンの調子はどうだった？」

平が尋ねた。

「昨日までと同じ。いい調子」

「それじゃ、あいかわらず強いライバルだな」

平がいった。

「あ、あの人だ」

ハンドレーがいった。

「なんのこと？」

「今朝、朝食をとりながら、ウィルソンさんがいってただろう。ルートン・ダービーといって笑っていた日本人ジャーナリスト」

「ああ、あのこと。どの人？」

「私たちのピットの少し向こうで、いま右手で頭をかいた……」

「ああ、あの人ならよく知っている。ダンカン神田というペンネームでリポート記事を書いている人だ。聞いてくるよ」

平はそういうと、土佐をうながして、ダンカン神田のほうへゆっくり歩いていった。

もともとは行動力のある鉄砲玉のような性格から、弾丸の神田といわれていたのであるが、それを洋風にダンカン神田というペンネームに仕立てて使ったといわれている。
「おはようございます。ダンカン」
「やあ、おはよう。おふたりさん、調子はどう？」
ダンカン神田から元気のよい挨拶が返ってきた。
「人間も機械も最高の調子です」
「それはよかった。ルートン・チームはあんたのところの桜レーシングが面倒みているんだね？」
「そうです。ルートンのキドナー選手がポールポジションをとりました。腕もいいけど、人柄もいいですよ。ただ、和食の弁当が苦手のようで……」
平がいうと、ダンカン神田が、
「同じイギリスのチームでも、ダービーはだらしなかったな。予選でどん尻のタイムだろう」
「あのチームは、お坊ちゃんチームなんですよ。ルーティン・ワークの整備はできるけど、修理はまったくダメというシロウトの集まりです。だから、またクラッシュすると本レースに出られないからって、予選通過が確定すると、それ以上のタイム・アタックをやめたんです」
「よく知ってるじゃない」
「だって、クラッシュしたのを修理してやったのが、うちのチームの岸さんなんですよ。カウルの方は、私とルートンのキドナーが修理してやって」
「それでか。昨夜のディナー・パーティーでダービーの人たちが、ルートン・チームに一目おいている感じがしたのは」
ダンカン神田は納得したという表情をみせた。
平がたずねた。
「昨夜のパーティーで、ルートン・ダービーといって笑ってたそうですけど、なにか意味があるんですか？」
「あ、そのこと……」
ダンカン神田がにやりと笑った。
「ルートンのキドナー選手がポールポジションをとったろう。そしてどん尻はダービーのハモンド選手だろう。だからルートン・ダービーがドンピシャだ。本来の意味とは違うけどね」
「どうしてなんです？」
平にはわからなかった。
「竜頭蛇尾だよ。本来の意味は、ひとりの人間とかひとつの組織が、立派なスタートをきって、終わりはショボショボしたものになることをいうんだが、トップがルートンでどん尻がダービーだから、竜頭蛇尾という感じがしたんだ」
「なーるほど。竜頭蛇尾ですか。まさにそんな感じがしますね」
　平と土佐がにやりと笑った。
「でも、あのハモンドというドライバー、なかなか頑張り屋ですよ。それに、午後の予選でいいタイムをだしたところで、グリッドの順位はほとんど変わらないからって、ムリしないだけの頭もついていますから」
「そうすると、どん尻からの追い上げが見ものというわけだな」
　ダンカン神田がいった。
「そう思います。彼が追ってこないうちに、どんどん逃げて差を拡げておくつもりです」
「それじゃ、注目しよう。そろそろフリー・プラクティスが始まるだろう。あとでキドナー選手にインタビューしたいから、よろしくいっておいて」
「承知しました。ちょこっと走ってすぐにピットに戻って、それで走るのをやめるはずです」
「それじゃ、フリー・プラクティスの後で……」
「待ってます」
　平がいって、土佐といっしょにチームのピットに向かった。

　フリー・プラクティスにはまだ５分あった。平は隣のルートン・レーシング・チームのピットにウィルソン監督の姿をみると、
「アレックス、わかったよ。ルートン・ダービーの意味が」
　といった。
「わかったの。教えて……」
　ウィルソンが平にいった。
「ルートン・ダービーというのは、竜頭蛇尾という日本語と発音が似ているんだ」
　平がいった。
「それで、竜頭蛇尾というのは、ひとつのものが初めはドラゴンのヘッドのように立派に始まりながら、終わりの方になるとスネークのテールのように冴えないものになってしまうことをいうんだ。ひとつのものの変化ではなくて、全体を見るときには使わないけど、グリッドをみると、ルートンがヘッドで、ダービーがテールだったので、それでダンカン神田さんが竜頭蛇尾という言葉を思い出したというわけ。でも心配しないでね。日本には、初めよければすべてよし、という格言もあるから」
「なるほどねえ……。ポールポジションをとればフィニッシュもトップというわけか。そうありたいものだなあ」
　ウィルソンがにこにこした。
「さて、ボクはフリー・プラクティスを走る準備をします。またあとで」

「後ほど……」
　平は自分のピットに戻った。

4

「ガソリンは満タン、空気圧は規定どおり。オイル、冷却水もチェック完了」
　平がピットにいくと、きれいに掃除されたマシーンの脇で待っていた岸が、マシーンの状態を手短かに述べた。
「ありがとうございます。おかげで安心して走ることができます」
　平がお礼をいった。
「他人行儀の挨拶なんかするなよ。エンジンはさっき暖めただけだから、完全に暖まるまでムリはしないでくれ」
「はい。でも、岸さんが整備してくれるから、安心して走れるんです。他の人の整備だったら、生命が惜しいから限界までは攻めないと思うのですよ。ゆっくり走ってエンジンが完全に暖まってから１周して、昨日までの調子が確認できたら、それで走るのをやめるつもり」
　平が答えた。
「タイヤは富士スピードウェイで皮むきをしたのをつけてある。これ１セットのつもりで走ってくれ」
「はい。運が悪くて釘でも拾えば別だけど、そうでないかぎり、新品が１セットあればじゅうぶんだ」
　答えて平はフェイス・マスクをかぶった。それからヘルメットをかぶり、顎紐をしっかりしめてから手袋をつけた。
　彼がコクピットに乗りこむと、岸がシートベルトを締めるのを手伝った。
　ウォン
　どこかでエンジンのかかる音がした。城井が腕時計をみて、エンジン始動のサインをだした。
　グォン
　平がスターター・スイッチを押すと、エンジンが始動した。後ろで土佐のエンジンもかかった。
　パーッ　パーッ
　フリー・プラクティスの開始を告げる電子音がピット・エリアに響きわたった。
　城井がピット・ロードを睨んだ。すぐ前のルートン・レーシング・チームの２台がいち早く動きだしたところであった。
「よし、行けっ！」
　城井が叫びながら、腕を大きく回した。
　ウォーン

まず平が走りだした。土佐がそれに続いた。抑えたスピードでピット・ロードを走り、左に曲がったところでアクセルをいくぶんか深く踏んだ。

エンジンが軽快に回っていた。

〈本レースもこの調子で頼むぞ！〉

平は心のうちでマシーンに話しかけた。

エンジンはわずかに暖まっていたが、変速機やデフはまだ暖まっていなかった。ブレーキもほんとうに効きのよい温度になっていなかったし、タイヤもグリップのよい温度になっていなかった。

それでも、マシーンが前日と同じようによい調子であることを、平は感じとっていた。

メイン・コースにでると、前方を走っていたルートンのハンドレーがスピードをあげた。平もアクセルを踏みこみ、ハンドレーのマシーンとの距離をたもちながら、内堀通りを走った。

ふと、平は前日とは違う雰囲気を感じた。

東京駅を右にみたあたりから、中央分離帯と対向車線の向こう側の歩道に、たくさんの見物人が立っていた。

だが、それも交差点で中央分離帯が途切れているときに見えるだけである。背の低いスポーツ・レーシングカーのコクピットからは、中央分離帯に灌木が植えられているだけで、対向車線側の歩道が見えなくなってしまう。

アクセルの踏みは深くない。エンジンの反応を感じとりながら、平は桜スポーツを走らせていた。ギア・オイルもまだ暖まっていなかった。

〈２周してマシーンを完全に暖めておこう〉

平は思った。

フリー・プラクティスを見物しているのは、歩道に立っている人たちばかりではなく、ビルの窓からも顔が覗いていた。しかし、窓ガラスが開かない構造になっているビルもあり、そのような造りのビルでは、窓ガラスの反射によって、中に人がいるかどうかはわからなかった。

彼はマシーンの調子を感じながら、同時にコースの状態を観察していた。すでに単独走行のラインはわかっていた。避けるべきマンホールの蓋の位置も、頭のなかにインプットされていた。ハンドレーの後ろ姿を遠くみながら、平は走りつづけていた。

竹橋から千鳥ヶ淵交差点までのあいだは、見物人の立ち入りが禁止されていた。桜の咲いているこの時期、もっとも美しい観戦スポットであるが、マシーンとの距離が近すぎて、コントロールを失ったマシーンが歩道に乗りあげる恐れがあるからであった。

土曜日の夜に花見客が残した大量のゴミは、早朝のうちに片づけられていたので、コースを走る外国人ドライバーたちは、花見がおこなわれたことさえ知らなかった。
首都高速道路の入口のあたりを走りながら、
〈桜の季節にレースをできるというのは、日本人ドライバーにとって最高の幸せだ〉
彼は思った。
イギリス大使館は、日曜日だというのに門が開いていた。チラと見ただけなのでよくはわからなかったが、中に人がたくさんいたのは、ルートン・レーシング・チームとダービー・レーシング・チームを応援するためであろう。イギリスの関係者が応援するのに、大使館の門のなかからだと、混雑が少なく、照りつける太陽を木陰で避けることができる。
そして、半蔵門からは、再び都会の荒涼とした風景が目の前に展開する。ふつうのドライブなら、目を左に向けて皇居の緑を眺めるようにすればよいが、フリー・プラクティスとはいえ、大切な走行時間であるので、わき見はできない。
平はハンドレーを抜くこともなく、他のクルマに抜かれることもなく、1周目を走りおえた。1周5キロを走っただけで、エンジンがかなり暖まり、調子がよくなってきたのがわかった。彼は注意深く路面を観察しながら2周目を走りおえ、ピットに戻った。
〈マシーンの調子は崩れていない。あとは本レースのときにこの調子が維持されていることを願うだけだ〉
平は思った。

5

30分間のフリー・プラクティスが11時に終了し、本レースのスタートの12時までのあいだに、マシーンの整備ができることになっていた。
桜レーシング・チームとルートン・レーシング・チームは、準備万端ととのって本レースのスタートに臨むことができた。
こういう状態はひじょうに珍しい。たいていのチームは、マシーンのどこかに不具合をかかえており、あるいはセッティングがもうひとつ決まらないでいたり、万全の体勢でレースに臨んでいるわけではない。だが、ＴＶや雑誌のリポーターに対して、いかにも準備が完了しているように振る舞ってみせるのは、ライバル・チームに手の内を読まれることを恐れているからである。
フリー・プラクティスを早めに切り上げた平とキドナーは、ワゴンにはいっていったんレーシング・スーツを脱いだ。
チーム・ウエアに着替えた平がピットに戻ると、メカニックの岸がマシーンを前後に移動させながら、素手でタイヤのトレッドを点検していた。
〈岸さんは、ここまでやってくれるのだ……！〉
平は胸が熱くなった。

「そんなことまでやっていただいて、申し訳ありません」
平が恐縮してお礼をいうと、岸は当然だといわんばかりに、
「こうしてチェックしておけば、少なくとも今タイヤに刺さっている釘などによるパンクは防げるからね。これから拾う釘などについては、保証はできないけど」
といって、にっこり笑った。それから、
「走っていて、マシーンの調子で変わったところがあった？」
「いえ、快調そのもの」
「それじゃ、スタートまでゆっくり休んでおきな。あとは整備の具合を確認するだけだから」
「はい、ありがとうございます」
平はお礼をいって、自分のマシーンから離れた。
彼が隣りのルートン・レーシング・チームのピットにいくと、キドナーのマシーンのホイール・ナットの締まり具合をウィルソンがレンチで確認しているところであった。
「やあ、調子はどう？」
「最高！　そっちは？」
「絶好調！　レースが楽しみだよ」
「いいレースをしたいね」
「うん。ただ、キドナーという強敵をどうやって抜くかが、まだわかっていないんだ」
平がいうと、キドナーが、
「ボクもタイラという強敵をどうやって振り切るか、作戦がまったくたっていない」
といって、笑った。
「やあ、おふたりさん、仲がいいね」
いつの間にかジャーナリストのダンカン神田がきていた。
「ちょっと話を聞かせてくださいな」
ダンカン神田が英語でいった。
「いいですよ。どうぞ」
平も英語で答えた。
「それでは、キドナーさん、ポールポジションをとった気分はいかがですか？」
ダンカン神田にきかれてキドナーが、
「そりゃ嬉しいですよ。マシーンの調子もよかったし、走ったフィーリングも最高でした。他のドライバーたちのタイムが思ったより伸びなかったのは、滑りやすい路面に慣れていなかったためと考えています。走りこんでこの路面に慣れてくると、かなり追い上げられるなと覚悟しています」
と答えた。
「平さんは、キドナーさんのタイムと0.15秒しか違わなかったですね。他のドラ

イバーたちのタイムが１秒半以上も離れていますが、おふたりの決戦となると思いますか？」
「キドナーさんがいったように、他のドライバーたちがこの路面に慣れれば、タイムをあげてくると思います。ですから、私たちのアドバンテージは、最前列に並んだことだけと考えております。いかに逃げきるかがポイントだと思います」
　平の答えに、ダンカン神田が、
「そうするとおふたりとも、予選のタイムがよかったのは、滑りやすい路面に対応した走り方をいち早く身につけたためとお考えなのですね？」
「はい、そう思います」
「私もそう思います」
　２人が異口同音に答えた。
「舗装が特殊なサーキットに慣れていると、こういう路面に対応するのに時間がかかる、そうお考えなのですね？」
「はい、走りこんでくると、このコースに適した走り方が、ある時フッと閃（ひらめ）くのです。他のドライバーがそうならないうちに、差を拡げておきたいと思っています」
　とキドナー。
「そうすると、ふたりで先行する作戦ですか？」
「そうなればいいですけど……」
　平が答えた。
「でも、最後尾のスタートになりましたが、ダービー・レーシング・チームのハモンド選手が、どうやらここの路面の走り方をつかんだらしいです。ですから途中で他のマシーンを抜くのに手間どるでしょうが、凄い追い上げをしてくるんじゃないかと、内心恐れているんです」
　キドナーがいうと、ダンカン神田が、
「昨日の午前中の予選で軽いクラッシュをした、あのハモンド選手ですね？　マシーンを修理したのは、桜レーシングの岸さんと、カウルの修理はあなた方がなさったのでしょう？」
「そうです。修理した当人としては、カウルが最後までもってくれることを希望していますが、ドライバーとしては彼に追い上げられるのは、できればご免こうむりたいですね」
　とキドナー。
「ハモンドさんの腕前はかなりのものですか？」
「今回はクラッシュして冴えなかったですが、どんなマシーンでも乗りこなすオールラウンダーで、しかも速いのです。頼みの綱は、あいだにいる他のドライバーたちです。抜くのに手間どってくれると、その間に差をひらいておけるのですが……」

「なるほど……」
ダンカン神田がうなずいて、
「そうすると、1957年のドイツ・グランプリのような展開になりますかね？」
と水を向けると、キドナーが、
「できればハモンドさんに抜かれたくないですね」
と答えた。
1957年のドイツ・グランプリ。
ニュルブルクリングでおこなわれたこのレースは、歴史に残る名勝負であった。
グリップはよいが最後までもたないタイヤを履いたマセラティ２５０Ｆは、操縦性はよかったがパワーにおいて劣っており、ドライバーのファンジオは燃料を半分だけいれて軽い状態でスタートし、ホーソーンとコリンズが乗るフェラーリに差をつけ、途中でピットにはいってタイヤを交換して燃料を補給した。このピットストップは予想外の時間をくった。そのあいだに先行したホーソーンとコリンズが、もう安心と２人で抜きつ抜かれつの内輪のレースを楽しんでいるあいだに、ファンジオは猛烈な追い上げによってこの２人との差をつめて、ついに抜き去り優勝した。
ダンカン神田は、平とキドナーが仲がよく、この２人が先行して、ホーソーンとコリンズのように、２人だけのレースを楽しむのではないか、その間に後ろからハモンドが猛烈な追い上げをみせるのではないか、と考えていた。

キドナーはことばを続けて、
「日本のモータースポーツ・ジャーナリストで、1957年のドイツ・グランプリの話を知っている人がいるとは驚きました」
「いえ、たまには知っている人もいますよ。もっともたいていは1950年以降のことですけどね。『マールボロ・グランプリ・ガイド』に書いてないそれ以前のグランプリ・レースは、日本のジャーナリストにとって存在しないのです」
ダンカン神田がいった。そして、
「じゃ、おふたりの勝負となったら、どちらが有利でしょう？」
と尋ねた。
「キドナーさんがどんな走りをするのか、近くでよく見たいと思いますが、まだ彼を上回る方法がみつかっていないのです」
平がいうと、キドナーが、
「マシーンの性格が違いますが、このコースでの性能がほぼ互角だと考えています。平さんはいい腕していますから、ポールポジションの強みをいかして、差をつけておきたいと思いながらも、まだその方法がつかめていません」
と、２人とも相手より優位にたつ方法をつかんでいないことを告白した。
「楽しみなレース展開ですね。いいレースをみせてください」
ダンカン神田はにこやかにいい、手を振って歩き去った。

6

「あの、すみません、サインください」

いわれて気がつくと、首からカードをさげた人たちがピット・エリアにたくさんきていた。

フリー・プラクティスと本レースのあいだの45分間だけ、ピット・ウォークの時間がとってあり、ピット・パスを買ってピット・エリアにはいってきたファンたちであった。

「はい、ここでいいのですね……」

平は気軽にプログラムを受けとり、サインをいれた。それからキドナーにプログラムを渡して、

「オートグラフを書いてやってくれ」

「いいとも」

キドナーも快くプログラムを受けとった。

「昨夜のパーティーで主催者がいってたけど、日本じゃ、オートグラフのことをサインといっているから、驚かないでくれよ」

平がいった。

「あ、昨夜のパーティーできいたのは、そのことだったのか。なんのことかわからなかった……」

平から受け取ったペンですらすらとサインを書きながら、キドナーがいった。

「わーっ、あなたがポールポジションをとったキドナーさんですか……！」

サインをもらった青年が、サインを読んで嬉しそうにいった。レーシング・スーツでなく、チーム・ウエアを着ているので、胸に名前が書いてなかった。そして、キドナーの名前はこのレースに出場するドライバーのなかでただ１人、ハイフンで２つの名前をつなげたものだったので、筆記体の文字でもファンにはジャン - スコットと読めたのである。

「でもね、ここに強いライバルがいる……！」

キドナーが笑いながら、平の肩を叩いた。

青年たちは目を丸くして、

「ええーっ、仲がいいのですね！」

と驚いた。

「勝った負けただけでギスギスしているグランプリ・レースのＴＶばかり見ていると、ボクたちのように別のチームのドライバーが仲よくしているのをみて、変な気がするかもしれないね。でも、彼ははるばるイギリスからやってきたレース仲間なんだよ。コースに出ればライバルだけど、勝った負けたは時の運で……。昔のドライバーたちはレースが終わるといっしょになってワイワイ騒いでいたんだって」

平が説明した。

「そうなんですか。よかった、仲よしで……。ありがとうございました」

サインをもらった青年たちが、お礼をいって歩き去った。

キドナーが平に、

「ロンバルディアのマリノーニさんはどうしているかな。見にいってみよう」

「うん、昨夜もまたドライバーたちを連れて出かけたらしいから」

平がいって歩きだした。

スクデリーア・ロンバルディアのピットは賑やかであった。レースそのものを楽しむイタリア人らしく、サインをもらいにきた日本人のファンたちといっしょに、歌を歌っていた。２人はしばらくその歌に聴きいっていた。

近くに八田美津夫がいた。平が、

「やあ、マリノーニさんは元気だねえ。昨夜も早めに消えたんだろう？」

と尋ねた。

「ああ、また案内させられてしまった」

八田はまんざらでもないような顔をしていた。

「マリノーニさんは、昨夜はドライバーたちも連れていったんだ。入賞したら表彰式の後でチームの費用で連れてきてやるといったらしい。ドライバーたちがすっかり張り切っているよ」

「それじゃ、実力以上の走りをするな！」

平はいったが、キドナーは、

「だけど心配することはないよ。ドライバーはいつもより走りが激しくなるだろうけど、マシーンは物理学の法則にしたがって動くのだから、限界を超えることはできないんだ……」

と、泰然（たいぜん）としていた。

「さあ、そろそろワゴンにいって着替えよう」

平が腕時計をみていった。２人はスクデリーア・ロンバルディアの歌を聴いていて、時間のたつのを忘れていた。

7

パーッ　パーッ

ピット・エリアに電子音が鳴りわたった。ピット・ウォークの時間が終了した。

平とキドナーがピットに戻ると、土佐とハンドレーはすでに着替えを終えていた。

「エンジンを暖めておきます」

岸がいった。

平はキドナーといっしょにワゴンに急ぎ、レーシング・スーツに着替えた。

「グッド・ドライブ、グッド・ファイト！」

平とキドナーが握手をしてそれぞれのマシーンに向かった。
〈さて、キドナーより前にでる方法は……〉
平は考えたが、その答はまだ得られなかった。
〈スタートではルートン・スポーツの方が出足がいい。中回転域での加速はボクゾール・エンジンのほうがずっとよかった〉
彼はスタート・ダッシュでルートンに先行されると考えていた。桜スポーツでは、最高のアクセル・ワークと最高のクラッチ・ミートによって、なんとか同等の加速を得ることができそうであったが、はたしてスタートの時に最高の操作ができるかどうか、平には自信がなかった。
ヘルメットをかぶり、マシーンのところにいくと、岸がコクピットから身体を引き抜くようにして降りた。
「エンジンは最高。足まわりもばっちり！」
岸がいって平の肩を軽く叩いた。
「はい……」
平は答えて、訊こうかどうか迷った。
「キドナーの攻略法がまだわからないんだ」
思いきっていうと、岸が、
「スタートはルートンのマシーンの方が速い。離されずについていけば、そのうち抜くチャンスがかならずある」
といった後、
「もしどうしてもムリだったら、最後の１周だけ、回転を５００だけオーバーさせてもいい。そのくらいのオーバーレブなら１周はもつはずだ」
「はい、最後の手段としてとっておきます」
「ゴールラインを越えれば、あとは壊れてもかまわないから」
「……」
平は無言でうなずいた。コクピットに身体をいれると、岸がベルトをつけてくれた。
「操縦性は互角。中回転域のトルクはあちらが上。エンジンの回転の伸びのよさをいかすことが、勝敗のカギになる」
ベルトをつけながら説明する岸の言葉を、平はだまって聞いていた。身体中に闘志が湧いてくるのが自分でも感じられた。
バーッ　バーッ
ピット・エリアに電子音が鳴り渡った。ウォーミングアップ走行の開始である。
城井がピット・ロードを見て、平を抑えた。それから手を大きく回した。
「行けーっ！」
平はギアをローにいれて、エンジンの回転をあげ、クラッチをつないだ。桜スポーツが軽快な加速でピットを離れた。
続いて土佐のマシーンもピットを後にした。
マシーンを送りだすと、メカニックたちが最低限の工具をもって、スタート地点に向かった。これ以後マシーンがピットにはいるようでは、優勝はおろか入賞も望めない。
抑えたスピードでピット・ロードを走り抜けた平は、ピット・エリアをすぎるとエンジンの回転をあげた。
グォーン
エンジンが暖まりきっておらずガスがやや濃いために、排気音がまだ澄んでいないが、すぐに澄んだ音になることを、平は経験から知っていた。
竹橋をすぎたあたりで、アクセルの踏みに対するエンジンの反応が鋭くなり、それとともに排気音も澄んできた。
平は前を走るハンドレーとの距離を保ち、エンジンの調子とマシーンの操縦性を感じとりながら、走っていた。彼はタイヤが次第に暖まってくるのを感じていた。
〈30周、150キロだ。この路面なら滑らせて走ってもタイヤは最後までもつ〉
彼はそう信じた。
キドナーをいかにして攻略するか、それを考えながら走り、彼は闘志が湧いてくるのを感じた。

〈ゴール・ラインを突破すれば、エンジンが壊れても、タイヤがバーストしてもかまわない〉
岸の言葉が思いだされた。
祝田橋の交差点を曲がると、スターティング・グリッドであった。
予選2位の平は、最前列の右側からスタートする。彼はすでにグリッドに停まっているマシーンの脇をゆっくり走り抜けて、自分の位置を捜した。前方にメカニックの岸が立っていた。小さな工具箱を路面に置いて、両腕を大きく拡げ、平に停止位置を示していた。
〈ありがとう、岸さん〉
平は心のなかでお礼をいって、岸の前にマシーンを静かに停めた。
エンジンは回ったままである。
左前方にキドナーのルートン・スポーツが停まっており、そのずっと先にセーフティーカーのルノー・トゥインゴが停まっていた。現在のＦ１グランプリへと続く、世界最初のグランプリ・レース、1906年にルマンで開催されたフランス・グランプリに優勝したルノーに対する尊敬の念をこめての、セーフティーカーへの採用であった。

8

平が所定の位置にマシーンを停めると、岸が手をあげて挨拶し、足もとから工具箱を拾ってコースの右側に移動した。

平も手をあげて岸に挨拶を返した。それから彼は左側のやや前方に停まっているルートン・スポーツを見た。平のマシーンの先端がキドナーのマシーンの後端とほぼ同じ位置にあり、ポールポジションをとったキドナーがクルマの長さだけ有利になる……。

コースの左側の二重橋前広場の側には、係員が３人いるだけであり、その３人とも皇居に背中を向けないように立っていた。

岸の動きを見ていたキドナーが平のほうを振り向いて手をあげた。平も手をあげてそれに応えた。

〈いいレースをしようね〉

平は心のなかでキドナーに呼びかけた。わずか数日のつきあいであったが、すっかり仲よしになったキドナーと、覇を競うことが楽しみであり、それとともにいかにして闘志をかきたてるか、平にはまだその方法がみつからないでいた。

セーフティーカーのルノー・トゥインゴが停まっているところの道路の左右両側に、信号機が立っていた。道路の片側を工事する時に、交互通行させるために設置する臨時の信号機であった。信号機は赤になっていた。左右に２基ずつ、合計４基を置いているのは、故障に対する配慮であろう。

後ろのほうのマシーンがグリッドについたようであった。

コースの右の方から係員が緑色の旗をもって進みでた。平はクラッチを踏んでギアをローにいれた。信号機のランプが緑に変わり、旗が振られると、前方に停まっていたセーフティーカーのルノー・トゥインゴが走りだした。

キドナーのルートン・スポーツが動きだしたのを確認して、クラッチをつないだ。桜スポーツが走りだした。

午前 11 時 55 分であった。

スポーツ・レーシングカーの群を率いるルノー・トゥインゴは、時速 70 キロほどのスピードで、レース・コースとなる内堀通りを走っていた。

レースのスタートの予定時刻が正午。じっさいのスタート時刻をいかに予定時刻に近づけるかが、セーフティーカーのドライバーの腕前である。

平はキドナーのマシーンを左前方にみるような位置を保って、間隔をあけすぎないように注意して走っていた。出場マシーンが 35 台ともなると、先頭のキドナーから最後尾のハンドレーまで、どうしても間隔が開いてしまい、キドナーがグリッドについてからハンドレーがグリッドにつくまでに時間がかかってしまう。

首都高速道路の入口のあたりと、千鳥ヶ淵交差点のところで、やや隊列が伸びたが、内堀通りにでると後続のクルマがスピードをあげて、隊列がふたたび短くなった。

平はキドナーに追突しないように気をつけながら、油断なく路面を観察した。

三宅坂から下りになった右カーブを抜けて、再び右カーブになり、桜田門交差点にさしかかると、セーフティーカーのルノー•トゥインゴが中央分離帯の右側に入った。ピットに通ずる車線である。

そこからはキドナーが先頭であった。彼はそれまでと同じスピードを維持して祝田橋交差点へと向かい、コーナーの手前で一瞬アクセルをゆるめると、みごとなラインどりで左に曲がった。平もそれにならってカーブを抜けた。

前方の道路の両脇に置かれた信号機が、黄色になっていた。走りだした時に道路脇に退避していたメカニックたちは、中央分離帯の向こう側に移動しており、姿が見えなかった。

ポールポジションのキドナーの位置に、係員がボードを持って立っていた。キドナーが係員の手前で所定の位置について停まると、係員がすばやくピット側に退避した。

9

日の丸の旗をもった役員が信号機の脇に進み出た。

〈フライングだけはしないぞ！〉

平は思った。

それはペナルティーがこわいからではなく、外国勢からフェアプレイでないと判断されたくないからであった。

平がコクピットから見ていると、信号機の黄色のランプが消えて赤のランプがついた。係員が旗を振り上げた。平はクラッチをいっぱいに踏んで、ギアをローにいれてアクセルを踏んだ。

ウォーン

ツイン•マフラーによって排気音が抑えられたとはいえ、35台のマシーンがいっせいにエンジンの回転をあげたので、皇居前広場がレーシング・エンジンの大合唱に包まれた。

役員が日の丸の旗を振り下ろしたのと、信号機が赤から緑に変わったのと、まったく同時であった。

平はクラッチをスポンとつなぎ、アクセルを踏みたした。一瞬のホイール・スピンとともに、マシーンがスタートした。

ロー・ギアでレッドゾーンまでエンジンの回転をあげ、すばやくセカンドにシフトアップ。

だが、キドナーのスタートのほうが鋭かった。それは予想されたことであり、平はあわてなかった。やや先行するルートン・スポーツを追って、平は冷静であった。彼は回転計の針がレッドゾーンにはいるぎりぎりまでエンジンを回し、すばやくシフトアップしてキドナーを追った。

バックミラーに後続のクルマの姿が写っていた。それをみて平はスタートで順位をおとさずにすんだことを感謝した。

〈ボクゾール・ベースのレーシング・エンジンは思ったよりも高回転域のパワーがある〉

キドナーを追いながら、平は思った。

富士スピードウェイでマシーンを交換して走った時、エンジンを壊してはいけないという配慮から、お互いにレッドゾーンより1500回転も低いところでシフトアップして走っていた。キドナーは日本製エンジンが高回転域が得意なことを知っており、桜スポーツのエンジンの特性を予測していたが、平は中回転域でのトルクの大きさに感銘をうけており、高回転域のパワーは想像するだけであった。

じっさいに前後に並んで走ってみると、高回転域のパワーは桜スポーツの方が優れてはいたが、その差は予想していたよりも小さかった。

〈さあ、ジャン - スコットをどうやって攻略するか……〉

走りながら平はまだ答えのでていない問題を考えた。レースが終了する30周のあいだにその答をみつける必要があった。答をみつけるだけでなく、それを実践してキドナーを抜き去る必要があった。

〈青は藍(あい)より出て藍より青し〉

平は思った。

教科書どおりのグリップ走法でタイムが伸び悩んでいた平の目を開かせたのが、キドナーのスライド走法であった。土曜日のフリー・プラクティスで、たまたまキドナーの後ろについて走った平は、キドナーがマシーンを横滑りさせながらコーナーを曲がるのをみて、初めは驚いたが、やがて納得するようになった。そして、金曜日に富士スピードウェイでいっしょに走りながらキドナーがいった言葉を思い出した。

「走るのは楽しくなくちゃ……。タイヤはレース距離だけもてばいいんだから、滑らせて減りがはやくなっても、ハイな気分で闘争心を持続させるほうが重要なんだ」

キドナーはこうもいっていた。

「レーシングカーにかぎらず、自動車ってものは物理の法則にしたがって走るものなんだ。限界とじっさいの走りのあいだのロスをいかに少なくするかが、速く走るコツなんだ。精神力で限界を上回るスピードで走るなんてことは、不可能であり、まったくナンセンスなんだ」

そのとおりだと、平は思った。

根性で速く走れるなら、よいマシーンは必要ない。しかし現実には、ドライバーの腕前が同じていどなら、マシーンの性能の高いほうが有利である。そして、マシーンによって性能に差があるのが現実であった。カーブの限界速度ひとつとっても、カーブによってマシーンの性能にわずかながらバラつきがある……。エンジンの特性とギア比の設定。そして、サスペンションと空力によっても、微妙に影響してくる。

マシーンの総合性能と特性が決まっており、コースが決まっている。それをどう調和させて走るかは、高性能のコンピューターなら答をだせるかもしれないが、むしろレーシング・ドライバーが本能的に察知するほうが正解にちかい。走らせるのがドライバー自身だからである。

〈なるほど……〉

走りながらキドナーの走りを観察して、平は納得がいった。キドナーはフリー・プラクティスのときには抑え気味にしていたスライド走法を、短い区間ながらも頻繁に使っていた。そしてキドナーの横滑りは完全にコントロールされた滑りであった。あくまでも計算ずくの滑りであった。

〈みごとな走りだ！〉

平はキドナーの走りの激しさに舌を巻いた。しかしその平も同じスピードで走っているのであった。

そして平はスライド走法の活用を教えてくれたキドナーより速く走ろうとしていた。

10

バックミラーに写っていたマシーンの姿が、1周するあいだに小さくなっていた。

２周するとマシーンの姿が写らないことが多くなった。後続のクルマが遅れていた。というよりはむしろキドナーと平の走りが、群を抜いて速かったのである。

平はスタートの時こそレッド・ゾーンぎりぎりまでエンジンを回したが、それ以後は500回転の余裕をもってシフトアップしていた。

〈これでもなんとかついていける。手の内を早い時期にさらけだすことはない〉

平は思った。

そして同時に、

〈ジャン - スコットもなにか隠し玉をもっているはずだ〉

と思っていた。

カーブでの限界速度の95パーセントで走っているのか、ブレーキングに余裕をもっているのか、そこまでは平にもわからなかった。

しかし、バックミラーに平のマシーンを見ながら、その差を計算して、不必要な危険をおかさないようにしている可能性が高いと思われた。

〈このままではスタートからゴールまでトップを走られてしまう……〉

平は思った。

いくら仲よしになったキドナーだからといって、ポール・トゥ・ウィンをさせることは、同じドライバーとしてプライドが許さなかった。

〈ひとつ、しかけてみよう！〉

彼は思った。このままでは、最後までキドナーの後塵を拝して走ることになる……。それだけはなんとしても避けたかった。

しかけてそれが失敗しても、またなにか方法が見つかるかもしれなかった。

５周目。

彼はブレーキング・ポイントを少し奥へ追いこんだ。それまでブレーキを踏みはじめていた区間をアクセル全開の状態で走るようになるので、その分だけラップ・タイムが向上する……。

ただ、うっかりブレーキをロックさせると、タイヤの一部分だけ減ってフラット・スポットを作ってしまい、タイヤ交換が必要になる……。そういう事態だけは避けたいと考え、ぎりぎりのブレーキングにはならないようにした。

キドナーとの差が縮まった。しかし、それだけであった。キドナーもスピードをあげ、それ以上は差が縮まらなかった。そのうえどこに余裕があったのか、次の周には差が拡がって前と同じになっていた。

〈この位の間隔がある方が、ジャン - スコットには快適なのだ。逆にいえば今より差を縮めれば、心理的に圧力をかけることができる……〉

リタイアしたマシーンがすでに何台かでていた。竹橋の先でレースには使わない左側の車線に入って駐まっているのは、エンジンが壊れたのであろうか、それともギアが入らなくなったのであろうか？

千鳥ヶ淵の交差点を曲がりきれずに、赤いコーンを跳ねとばした跡があった。コーンの配置が不揃いになっているので、走行中の平にもそれがわかったが、レース中にコーンを元に戻す作業は命がけである。コースアウトしたマシーンがいつ突っこんでくるかわからないのである。

〈次は、カーブのスピードを高めることか……〉

平はブレーキング・ポイントを先に移したままカーブを走る時の安全のための余裕を少し削って、カーブでのスピードをいくぶんか上げた。

この周、平は１分 56.95 秒を記録した。時速 160 キロを超えていた。キドナーとの差が縮まった。キドナーがそれに気づいてスピードを上げた。

〈ジャン - スコットにはまだ余裕があるのか！〉

人柄のよい笑顔からは想像もできないキドナーの速さと強さに、平は尊敬の念を感じた。

〈このあたりが限界だ。あと 20 周のあいだタイヤをもたせる必要があるのだ〉

平は自分のコントロールできるスピードの限界ではなく、タイヤの寿命の限界を計算して、それ以上はカーブを攻めなかった。
その代わりに、平はエンジンの回転をレッドゾーンぎりぎりまであげた。
500回転の余裕をもっている時には、回転計にそれほど注意を払わなくてもすんだが、レッドゾーンぎりぎりまでエンジンを回すと、回転の上限に神経をつかう必要がでてきた。ごくわずかでもレッドゾーンに入ると、エンジンの寿命が極端におちることを、平は岸から聞かされていた。
「このエンジンは、限界内で使っているぶんには、調子が悪くなることもないし、寿命も驚くほど長い。だが、回転を上げすぎると、すぐに調子を崩すし、寿命も極端に短くなる……」
岸の言葉が思い出された。
今、平はエンジンを限界まで回そうとしていた。キドナーを追うスピードをあげ、キドナーに限界の走行を強いるためであった。
〈今のままでは余裕をもった走りで逃げきられてしまう。エンジンのパワーを限界まで使ってジャン - スコットとの差を縮め、なんとか抜き去るのだ。もし逃げきろうとするなら、ジャン - スコットも限界の走行をしなければならなくなる……〉
ほんとうのところ、平はエンジンのパワーに頼った走りはしたくなかった。
「直線路でビューンと抜いていって、カーブをヘロヘロッと廻るんだろう」
キドナーの言葉が思い出された。平はエンジンのパワーではなく、操縦性をいかした腕前の差で勝負したかった。それがドライバーとしての意地であった。
だが、そんなことを言っていられなかった。彼は回転計に注意しながら、エンジンをレッドゾーンぎりぎりまで回してキドナーを追った。

11

エンジンを限界まで回して走るためには、かなり神経をつかう必要があった。100回転でもレッドゾーンにはいると、エンジンの信頼性と耐久性に悪影響がでるので、レッドゾーンに入れないように細心の注意をはらう必要があった。
スタート／フィニッシュ地点のある二重橋前の内堀通りの直線路は、ただアクセルを踏んでいればよかったが、反対側のイギリス大使館のある内堀通りは、路面が隆起している部分があり、ここが要注意であった。
速いスピードで隆起を走り抜ける時、マシーンがフワーッと宙に浮く感じになる。この浮きが10センチにもなると、脇から見ていても浮いたことがわかるが、浮きが1ミリ2ミリというレベルの時は、外部から見ていたのでは浮いたことがわからない。
それでもタイヤが路面を離れると、タイヤが猛烈な勢いで空転する。エンジンを空ぶかししたような状態になり、エンジンの回転がかんたんに限界を超えてしまう。
このため、路面の隆起でマシーンが宙に浮くときには、それを事前に予測してアクセルをゆるめる必要があった。

首都高速道路の入口をすぎてから、平はエンジンの回転を限界まであげる走りに切り換えた。

千鳥ヶ淵交差点を抜けでる時、キドナーのルートン・スポーツと平の桜スポーツが、触れあわんばかりにして横滑りしながら左コーナーを加速していった。

平が一瞬はやく滑りをとめ、右側に１台ぶんの余裕をのこして、グリップ走法の加速に移った。中央分離帯ぎりぎりまで右側に寄れたキドナーは、そのあいだにやや前にでたが、グリップ走法の加速に移ってからのエンジンの回転の伸びに差があった。ボクゾールのエンジンが回転の上限にたっし、キドナーがシフトアップしているあいだに平が差を縮めて左側から並びかけた。

だが、平はキドナーを抜けなかった。半蔵門交差点でマシーンがフワーッと浮くことがわかっていたので、アクセルをゆるめたのである。平はそこでギアをシフトアップして三宅坂に向かう加速にそなえた。

変速操作は無意識のうちに手と足がおこなっていた。平はギアをシフトアップしながらキドナーをチラと見た。驚いたことにキドナーも平の方を見ていた。そればかりか、すでに変速操作を終えていたキドナーは、平に向かって手をあげて挨拶を送ってよこした！

〈なんて奴だ！〉

平も変速操作を終えると、ステアリング・ホイールを左手で保持して、右手をあげてキドナーに挨拶を返した。

しかし、平はここでキドナーを抜き去ることができなかった。その先にも路面の隆起があり、そこで再びアクセルをゆるめる必要があったからである。

三宅坂をすぎてからのゆるい右カーブを、トップを競う２台のマシーンがほとんどくっついて走り抜けた。その間隔は30センチとなかった。

しかも、初対面のイギリス人ドライバーと日本人ドライバーの戦いであった。沿道で見ていた人たちは、その迫力に息をのんだ。

だが、この２人が仲よしになっていることを、見物人は知らなかった。お互いの腕前と人柄を信頼しているからこそ、こういう走りができるのであった。サイン・ピットに陣取り、小さなポケットＴＶでこの様子をみていたダンカン神田は、自分の予想していたとおりのレース展開になってきたので、ひとり微笑(ほほえ)んでいた。

トップ争いをしている２人は知らなかったが、最後尾からスタートしたダービー・レーシング・チームのトーマス・ハモンドが、猛烈な追い上げをみせてどんどん順位をあげていた。そして、たまたま前方が空いていた11周目に、１分56秒20というラップ新記録を樹立した。

これはイギリス人にとって価値あるタイムであった。時速100マイルの壁を破ったのである。ヤード・ポンド法を使う英語圏の人たちにとって、時速100マイルは“トン”という言葉で表し、特別な意味をもっていた。

モーターサイクルのマン島ＴＴレースでも、マウンテン・コースで“トン”を最初に記録するライダーが誰になるか、マシーンが何かということで、クラス別に何年間か興味の中心になっていた。その間、時速160キロは超えたが“トン”には達しなかったタイムもあり、メートル法を使う人たちは、その騒ぎが理解できないでいた……。

ルートン・レーシング・チームのアレクサンダー・ウィルソン監督兼メカニックは、キドナーに対して『トン by ハモンド』というサインを送った。

祝田橋の交差点を抜けてからのトップの２台の加速は、初めはキドナーの乗るルートン・スポーツの方がよかった。ここでキドナーがピットからのサインを読んだ。

それまでのレース展開では、直線路の中頃になると、平が桜スポーツの高速の伸びをいかして差を縮め、キドナーに並びかけようとする時に、気象庁前の左カーブに達するのであったが、この周からエンジンを目いっぱい回して走るようになった平は、気象庁前に達するまでにキドナーに並びかけ、少しではあったが前にでていた。しかも左カーブの内側になる左側を走っていた。

キドナーが譲った。彼は早めにブレーキをかけていったんさがると、カーブを抜けながらもう平の後ろにぴたりとついていた。

見物人が大喜びであった。日本人ドライバーの平雷太がついにトップにたったのである。

しかし、平自身は日本人とかイギリス人とかいうことにはこだわっていなかった。仲よしのレース仲間のキドナーと、腕を競いあっているだけであった。

それでも、見物人からの声援があるのは快いものであった。気象庁前の交差点が高速カーブであったおかげで、平はトップを維持したまま竹橋に向けて突っ走った。

ここで平は気がついた。トップを走るキドナーがヘッドライトをつけていた。平もここでヘッドライトをつけた。

竹橋の先から道幅が狭くなる。歩道橋の下をくぐって、右コーナーと左コーナーを抜けた。

道幅が狭くなったので抜かれないという錯覚と安心感が平にあったのであろう。高速道路の入口をかすめて、やや下り坂になった道路を千鳥ヶ淵交差点へと加速した時、彼の後ろからキドナーが左から抜きにかった。左コーナーを抜けたキドナーが、中回転域での加速のよさをいかしていた。キドナーの攻撃には勢いがあった。虚をつかれた平には、キドナーの攻撃を防ぐことができなかった。

キドナーは平を抜きさると、いったん道路の右側によって、ぎりぎりまでブレーキをかけずに千鳥ヶ淵交差点に近づき、一瞬のブレーキングの後にみごとなパワースライドで内堀通りへと躍りでた。

〈おみごと！〉

平はキドナーのすばらしい走りに、自分が抜かれたことも忘れて、心のなかで賛辞を送った。

キドナーは母国の大使館の前をトップで走り抜けた。その後ろから平が猛然と追い上げていた。

前方に遅いマシーンが走っていた。バックミラーでキドナーのマシーンを認めたのか、遅いマシーンが左に寄った。いっぱいに右側に寄ったキドナーと平が、ぴったりくっついた状態でこのマシーンを周回遅れにした。

〈これから周回遅れのマシーンがでてくる……〉

平は覚悟をきめた。

12

幸いなことに、このレースに出場しているドライバーたちは、走行マナーがよかった。

トップ争いをする２人のドライバー、ルートン・レーシング・チームのジャン-スコット・キドナーと桜レーシング・チームの平雷太が後ろから接近すると、抜きやすいようにラインを譲ってくれた。

ひとつには、フォーミュラカーのレースではなく、スポーツ・レーシングカーによるレースのため、規則でヘッドライトやホーンなどの公道装備がついており、トップを走るキドナーのルートン・スポーツが、ヘッドライトをつけていたので、周回遅れになるマシーンのドライバーが、トップのマシーンが後ろに迫っていることを認識しやすかったこともあった。

平とキドナーの戦いは互角であった。

〈マシーンの操縦性はほぼ同等だ〉

平は思った。

富士スピードウェイでマシーンを交換して走った時は、タイヤの消耗を避けるため、不測のクラッシュを避けるために、カーブでの限界の走行はしていなかった。しかし、感触としては操縦性のよさは両車ほぼ同じであると、平は感じていた。

大きく違っているところが、エンジンの性格であった。桜スポーツに積まれた『飛燕』ベースのエンジンは、高回転・高出力の特性をもっていた。これに対してルートン・スポーツに積まれたボクゾール・ベースのエンジンは、中回転でのトルクを重視していた。中回転域から軽快かつ強力に加速する扱いやすさは、桜スポーツにないものであった。

平は相手のエンジンの特性を感じとっていた。しかし、キドナーは桜スポーツのエンジンの特性を、あくまでも推測の域でしか知らないはずであった。

このマシーンを得て、平が得意とするところは、二重橋前の長い直線路での加速と最高速の伸びであった。キドナーがいう、直線路でビューンと抜いてカーブをヘロヘロッと廻る、と表現される、高回転域の伸びのよさであった。しかし、この利点は、半蔵門のあたりでは活かせなかった。路面の隆起でマシーンが浮くことがあり、エンジンの回しすぎを警戒して、アクセルの踏みを抑える必要があったためである。

一方、キドナーが得意とするのは、竹橋をすぎてからの２つの直角コーナーと、千鳥ヶ淵交差点と祝田橋交差点からの加速であった。

平が500回転の余裕を削ってから、キドナーの走りも限界のものに変わっていた。ふたりとも全力で最後まで走るしか方法が残されていなかった。計算ずくで余裕をもってゴールに向かうことはできなかった。ゴールまで気力がもつかどうか、それが勝敗の鍵であった。

２人の戦いのパターンが定着した。

二重橋前の長い直線路の終わりまでに、平がトップにたつ。竹橋をすぎてからの２つの直角コーナーは、平が警戒しているので、キドナーにも抜くことができない。しかし、キドナーは千鳥ヶ淵交差点からでる時に、中回転域の強力なトルクを武器に、軽快な加速で平を抜きにかかり、ちょうどイギリス大使館の前あたりで平を抜く。

平はこのあたりからエンジンの回転の伸びを武器に、キドナーを抜き返したいところであるが、マシーンが宙に浮くときにエンジンの回転が上がりすぎる恐れがあるために、アクセルを踏みっぱなしにできない。

わずかな差でキドナーが先行して、三宅坂から桜田門までの高速カーブが連続する区間を走り、祝田橋交差点の左コーナーに突入する。

そのパターンでレースが続いた。

〈くそっ、ジャン - スコットの言ったとおりになってしまったじゃないか！〉

定着した戦いのパターンに、平は腹をたてていた。強いエンジンがなければ、日本人ドライバーなんぞ怖くはない、というヨーロッパのドライバーたちの思いが、その言葉にこめられていた。

そして今、平の走りはエンジンの高回転の伸びとパワーに頼った走りと理解されても反論できない走行パターンになっていた。

〈あと５周。なんとかトップを維持して走りたい。このままでは日本のドライバーの恥だ。オレがトップを走っているのは、気象庁前から千鳥ヶ淵交差点までの区間だけじゃないか。しかも、竹橋から千鳥ヶ淵交差点までの区間は、見物人の立ち入りが禁止されている……〉

平は自分の不甲斐なさに腹をたてていた。

〈あと５周だ。５周だけなら、タイヤにムリをかけても、最後までもつ〉

平はカーブを攻めることに決めた。このままずるずる走っていたのでは、二重橋前のスタート／フィニッシュ・ラインを走り抜けるときに、わずかな差でキドナーに先を越されることが明らかであった。

30 周レースの 26 周目。

平はブレーキング・ポイントをさらにカーブの近くまで追いこんだ。そして、カーブを通り抜けるときに、安全のための余裕をさらに削って、少しではあるがスピードを上げた。

平の攻勢にキドナーが応えた。キドナーにもまだカーブでの余裕が残っていたのだ。

〈あいつ、どこまで速く走れるんだ。けっして手の内を明かさない……〉

平は驚きを新たにした。

千鳥ヶ淵交差点へのアプローチでは、自分の方が前にいるので、キドナーの動きを観察することができなかったが、キドナーはこのあたりでの余裕をずっと前から削っていたようであった。

28 周目。2 人がラップ・タイムを更新した。

1 分 56 秒 17

29 周目。ラップ・タイムさらにあがった。

1 分 55 秒 86

だが、走っているドライバーたちは、自分たちのタイムを知らなかった。二重橋前のスタート／フィニッシュ地点で残り 1 周を示す白い旗をみて、平は決心した。

〈エンジンがこの 1 周だけもってくれればいい。いや、もつと信じるのだ！〉

平は直線路でエンジンの回転を 500 回転だけレッドゾーンにいれた。平がキドナーを抜いた。

〈何ということだ……！〉

キドナーがしっかりついてきているのが、バックミラーに見えていた。

竹橋をすぎて道幅の狭い区間を走りながら、

〈千鳥ヶ淵交差点へのアプローチで、キドナーの走行ラインをブロックするようなことはしたくない。そんなことをしたら、フェアな走りをしてきたこれまでのレース展開に汚点を残すことになる〉

平は思った。

彼はそれまでと同じ走行ラインをとり、右いっぱいに寄って、千鳥ヶ淵交差点の手前で強くブレーキをかけた。キドナーはインに入らず、平のすぐ後ろについていた。

そして平が 4 輪ドリフト気味に内堀通りにでると、キドナーは軽快なフットワークをいかして、左側から平に並びかけた。その頃になって平のマシーンのエンジンがさらなるパワーを発揮しはじめた。

だが、前方に周回遅れのマシーンがいた。しかも、右側に寄っていた。カーブに備えてインを開けてくれたのだ。周回遅れのマシーンは、結果的に平の走行ラインをブロックすることになっていた。

〈何てこった！〉

平は不運を嘆いた。周回遅れのマシーンは、トップ争いをする２台の邪魔をしないために、右側いっぱいに寄ったのである。

その時、キドナーのマシーンがスーッと左に寄った。彼は右手を前後に動かして平に合図を送った。

〈ありがとう、ジャン - スコット！〉

平はマシーン１台ぶんだけ左に寄せた。路面の隆起があることがわかっていた。だが平はアクセルをゆるめなかった。最終ラップであった。ゴールまであと２キロ。エンジンの回転が上がりすぎても、あと２キロだけ走れれば、それでいいのであった。

２台のマシーンがそろってフワーッと宙に浮いた。その時は平のマシーンが半車身ほど前にでていた。タイヤがしっかり路面をグリップすると、平はわずかにステアリングをきって、マシーンの方向を修正した。

三宅坂のカーブでも、２台の差は半車身と変わらなかった。平はキドナーが走るスペースを残してインをかすめた。カーブの内側をとった有利さをいかして、キドナーがマシーン半分ほど前にでた。

右曲がりの高速カーブで、平がキドナーと並んだ。しかし、国会議事堂前の交差点は、左側を走るキドナーに有利であった。ここでキドナーが前に出た。桜田門の右コーナーで、平はその差をわずかに縮めただけであった。祝田橋交差点を目指してアクセル全開で走る２台は、キドナーのルートン・スポーツが前に、平の桜スポーツが後ろに、ほとんど触れあわんばかりに接近していた。

〈これでは勝てない……〉

平は計算した。

〈しかし、負けてはならない……！〉

平は決心した。

祝田橋交差点を左に曲がる時、平は早めにブレーキを離し、４輪ドリフトにはいった。キドナーもみごとな４輪ドリフトでコーナーを抜けていった。そのすぐ後ろに平がぴったりついていた。ボクゾール・エンジンの中回転域のトルクがいきて、ルートン・スポーツがやや離れかけた。

平はマシーンの方向を決めると、アクセルを踏みつづけた。ギアをシフトアップする時間はなかった。フィニッシュ・ラインがすぐ先なのだ。ギア・シフトのためにクラッチを踏んでいるあいだは、エンジンの駆動力がタイヤに伝わらない……。

キドナーのマシーンの加速がやや鈍った。シフトアップをしたのか……？

平は回転計の針がレッド・ゾーンに入ったのを視野の片隅にとらえ、かまわずアクセルを踏みつづけていた。

〈あと少しだけ、エンジンが回りつづけてくれ！〉

祈る気持であった。

平のマシーンがキドナーのマシーンに並びかけた。平がチラとキドナーの方を見ると、キドナーも平の方を見ていた。

そして、２台が横一線に並んでフィニッシュ・ラインを通過した。

それを確認してから、平はクラッチをきってギアをシフトアップした。その間にキドナーのマシーンが前にいったが、レースはもう終わったのであり、あわてて追う必要はなかった。

平はアクセルをゆるめた。キドナーもスピードをおとした。

〈エンジンがもってくれた。1000回転以上もレッド・ゾーンに入っていたのに……〉

平はエンジンがハズレではなくアタリであったことに感謝した。

彼はキドナーのマシーンに並びかけた。キドナーが平に向かって手をあげて挨拶した。平もキドナーに手で挨拶した。

前方の右側に、人影が見えていた。小さなユニオンジャックと日の丸を持っていた。平がそれを指さした。キドナーがわかったというように手をあげ、ステアリングをきって右にコースを変えた。平がその後ろに続いた。

ピットから出てきたマシーンが合流する地点であった。キドナーがスピードをゆるめてユニオンジャックを受け取った。続いて平が日章旗を受け取った。

平がキドナーの後ろをついていくと、キドナーが右手で平を招いた。

「横に並んで走ろうよ」

そんな気持なのだと平は解釈した。

平はキドナーの右に並びかけたが、思いなおして左側についた。キドナーが右側を走れば、イギリス大使館からキドナーのマシーンがよく見える……。

２台のマシーンが横１列に並んで、それぞれの国旗を翻しながら、気象庁前交差点までいくと、中央分離帯まで見物人が押し寄せていた。

〈サーキット・レースでも、レースが終わると観客がコースになだれこむ。それと同じことなのだ〉

見物人から大きな拍手があった。派手に手を振っている人もいた。平は旗を掲げ、歓声に応えた。

竹橋をすぎての狭い区間を２台が並んで走るのも、気心の知れた間柄の２人にとっては、なんということもなかった。幅の広い１台のクルマのように、２台がぴったりと並んで走る様子は、スタントカーのデモンストレーション走行のようであった。

千鳥ヶ淵交差点は、赤いコーンで仕切られたところまで、見物人がでていた。そして、イギリス大使館の手前で、キドナーがスピードをゆるめた。中央分離帯に小さなユニオンジャックを手にしたイギリス大使夫妻の姿があった。キドナーが大使夫妻の前でクルマを停めた。

キドナーがヘルメットのシールドを跳ねあげ、手袋を脱いだ右手を伸ばして大使夫妻と握手をかわした。それから平に向かって、

「大使夫人を乗せていってよ」

「ＯＫ、喜んで」

平が答えた。

〈そんなことをしたら失格になるのではないかな〉

彼は思ったが、

〈２人でいっしょに失格なら、それでもいいじゃないか。レースは楽しくやらなきゃ。そして皆で仲よく楽しまなくちゃ〉

と思った。

イギリス大使がキドナーのマシーンのパッセンジャー・シートに乗った。大使館員らしい人の手を借りて、イギリス大使夫人が平の隣に乗りこんだ。手にユニオンジャックを持っていた。それをみて平は、

〈よかった。手ぶらで乗られたら、日章旗を持ったまま運転してよいかどうか、判断に苦しむところだった〉

とホッとした思いであった。

キドナーのマシーンがゆっくり動きだした。平もそれに合わせてゆっくり走りだし、横に並んだ。見物人からワーッと歓声があがった。平は日章旗を振ってそれに応えた。

気がつくと、２人のマシーンの後ろに、レースを終えた他のマシーンがきちんと整列して続いていた。ドライバーたちがそれぞれの国旗を手にしていた。数においては日の丸が圧倒的に多かった。

半蔵門、三宅坂、国会議事堂前と走り、桜田門交差点まできたときに、平はイギリス大使夫人がシートベルトを締めていないことに気がついた。もともと形ばかりのパッセンジャー・シートであり、人を乗せることを考えていないので、ベルトまではつけてなかった。

〈大使夫人にも外交官特権があるのだろうか？　同乗者がベルトをしていないと、ドライバーの点数が引かれるが、私の場合も適用されるのだろうか？〉

いかめしい警視庁の建物をみて、平は思った。

祝田橋交差点を曲がると、係員が旗を振ってもっと先までいくようにと指示した。平とキドナーが静かに進み、別の係員の指示によって、スターティング・グリッドにクルマを停めた。

キドナーが右、平が左側であった。その後ろに他のマシーンが縦１列に並んだ。

平はエンジンをとめた。
「ありがとう、ミスター……」
大使夫人が平のレーシング・スーツの胸の名前を読んだ。
「ミスター・タイラ」
「お乗せできて光栄です」
キドナーのマシーンから降りたイギリス大使が、平のマシーンのパッセンジャー側にきた。
「ありがとう、ミスター・タイラ」
「どういたしまして、大使。ミスター・キドナーの友人として、お役にたてて嬉しく思います」
平が答えた。
大使は夫人がクルマから降りるのに手を貸した。それから2人そろって皇居に向かい、一礼した。
〈さすがは外交官夫妻！〉
平はベルトを外してマシーンから降りた。手袋をぬぎ、ヘルメットをぬぎ、フェイス・マスクをぬいだ。春の風が顔にさわやかであった。
「ハーイ、ライタ！」
キドナーがクルマを廻って平のところにきた。2人が握手をかわした。
「いいレースだった！」
「楽しかったよ！　君は速いな」
「君も速かった。最後の周、大使館をすぎてから、前に周回遅れのマシーンがあって、ボクの行き場がなくなるときに、君は左に寄ってボクの走るラインを開けてくれた」
平がいった。
「その前に、サウザンド・バードの交差点で、君はボクをブロックしなかった……」
と、キドナー。
「でも、ボクは結局、最後にエンジンの回転に頼った走りになってしまった。直線路でビューンと走って、カーブをヘロヘロッと廻る……」
平がいうと、キドナーが、
「いや、君の走りはけっしてそんなのじゃない。君のような走りをする日本人ドライバーがいるとわかって嬉しいよ」
話をしている2人をレース写真家が狙っていた。
「ところで、どっちが優勝したんだ？」
2人が同時にいった。
それから2人は顔を見合わせて大笑いした。

城井がやってきた。手に持ってきた団扇を２人に１本ずつ渡した。平とキドナーが団扇であおぎはじめた。

岸もやってきた。ウィルソンもやってきた。

「結果は？」

再び２人が異口同音に尋ねた。

「機械では、同時となっているそうです」

城井が言った。

「委員会では、２人を優勝と認定すると言っています」

岸が言った。

「２人が立つには表彰台が少し小さいけど、何とか立てるよね」

話をしているところに、ダンカン神田がやってきた。

「おふたりさん、おめでとう。２人が優勝だってね。優勝トロフィーは１つしか用意してないと思うけど、どうするの」

「そこまでは考えなかった」

とキドナー。

「ホテルでの今夜の表彰式までに、もう１つの優勝トロフィーが用意できればいいけど、できなかったら、ジャン - スコット、あなたがイギリスに持っていきなよ。私はあとでもらうから」

平が言った。

仲のよいふたりであった。

「さあ、暫定(ざんてい)表彰式だ。早く終わって涼しいチームウェアに着替えたいよ」

平は急に暑さを感じた。汗になったレーシングスーツが重く感じられた。

ふたりが並んで歩きだした。

―― 完 ――

高斎 正（こうさい ただし）

1938年、群馬県前橋市生まれ。
作家。日本SF作家クラブ名誉会員。
自動車レース小説を数多く手がける。
「ホンダがレースに復帰する時」（徳間書店）
「パリ〜ウィーン1902」（インターメディア出版）
「UFOカメラ」（講談社）
「レーシングカー 技術の実験室」（講談社）
「モータースポーツミセラニー」（朝日ソノラマ）

TH Literature Series

［新版］皇居周回スポーツカー・レース

著　者　高斎 正

発行日　2020年3月26日

発行人　鈴木孝
発　行　有限会社アトリエサード
　　東京都豊島区南大塚1-33-1 〒170-0005
　　TEL.03-6304-1638 FAX.03-3946-3778
　　http://www.a-third.com/ th@a-third.com
　　振替口座／00160-8-728019
発　売　株式会社書苑新社
印　刷　株式会社プリントパック
定　価　本体1000円＋税
ISBN978-4-88375-397-0 C0093 ¥1000E

　Printed in JAPAN

www.a-third.com

TH LITERATURE SERIES

アトリエサードの文芸書　好評発売中！

朝松健

「邪神帝国・完全版」

四六判・カヴァー装・384頁・税別2500円

クトゥルー神話をベースに
カルトに支配された社会の恐怖を描いた
朝松健の代表作が、完全版として登場！

差別や暴力を肯定する〝闇〟が、〝光〟に
見えている人間が増えている時代に、
〝闇〟の恐怖を暴いた――末國善己

石神茉莉

「蒼い琥珀と無限の迷宮」

四六判・カヴァー装・320頁・税別2400円

美しすぎて身の毛もよだつ
怪異たちの〝驚異の部屋〟へ、ようこそ―

怪異がもたらす幻想の恍惚境

《玩具館綺譚》シリーズなどで人気の
石神茉莉ならではの魅力が凝縮された、
待望の作品集！ 各収録作へのコメント付

朝松健

「アシッド・ヴォイド」

四六判・カヴァー装・256頁・税別2200円

〝神〟か。結構だな。俺は前から
神さまって奴に会いたかったんだ――

ラヴクラフトへの想いに満ちた
初期作品から、ウィリアム・S・バロウズ
に捧げた書き下ろし作品まで。
クトゥルー神話を先導しつづける
朝松健の粋を集めた短篇集！

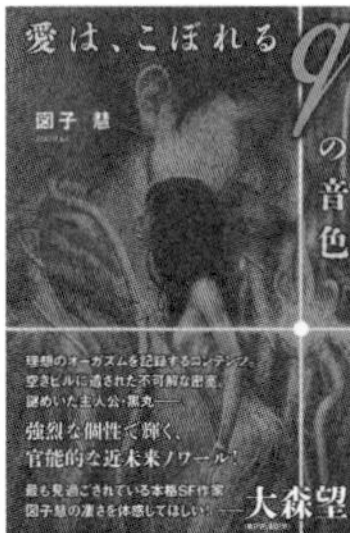

図子慧

「愛は、こぼれるqの音色」

四六判・カヴァー装・256頁・税別2200円

理想のオーガズムを記録するコンテンツ。
空きビルに遺された不可解な密室。
……官能的な近未来ノワール！

最も見過ごされている本格SF作家
図子慧の凄さを体感してほしい！
――大森望（書評家、翻訳家）

朝松健

「Faceless City」

四六判・カヴァー装・352頁・税別2500円

暗黒の秘儀まで、あと24時間！
クトゥルー復活後、世界で最も危険な
都市アーカムで、探偵・神野十三郎は
〈地獄印Nether Sign〉の謎を追う。

デビュー30周年を飾る、
書き下ろしクトゥルー・ノワール！

友成純一

「蔵の中の鬼女」

四六判・カヴァー装・304頁・税別2400円

狂女として蔵の中に
閉じ込められているはずの
大地主の子どもが、
包丁片手に小学校へとやってきた。
その哀しい理由とは――？

15作品を厳選した傑作短編集！

朝松健

「朽木の花 ～新編・東山殿御庭」

四六判・カヴァー装・320頁・税別2400円

「坊さん、よう生きとったな」

様々な怪異や妖かしに立ち向かう
一休宗純の壮絶な生涯を描いた
傑作 室町伝奇小説！

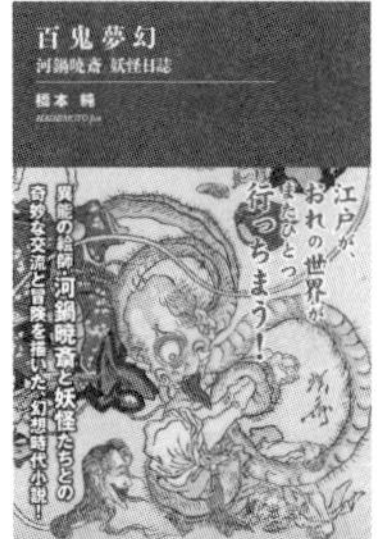

橋本純

「百鬼夢幻 ～河鍋暁斎 妖怪日誌」

四六判・カヴァー装・256頁・税別2000円

江戸が、おれの世界が
またひとつ、行っちまう！――
異能の絵師・河鍋暁斎と
妖怪たちとの奇妙な交流と冒険を
描いた、幻想時代小説！

発行・アトリエサード　発売・書苑新社
www.a-third.com